JARED: WEIHNACHTSWUNDER VON ASPEN

ZOEY WEST

KOSTENLOSER LIEBESROMAN

Melde dich unter https://zoeywest.com/start für meinen Newsletter an und du wirst nicht nur über Neuigkeiten informiert, sondern bekommst auch meinen kostenlosen Liebesroman *Aaron: Hochzeit in New Orleans*.

Was machst du, wenn der Mann, den du damals nicht haben konntest, eine Hochzeit mit dir planen muss?

Jules kann nicht fassen, was ihre beste Freundin von ihr verlangt. Als Brautjungfer soll sie sich wenige Tage vor der Hochzeit um die Vorbereitungen kümmern. Noch nichts ist geplant, dabei werden mehrere hundert Gäste erwartet. Damit aber nicht genug. Als Unterstützung wird ihr ausgerechnet Aaron MacLay zur Seite gestellt. Der Mann, mit dem sie eine gemeinsame Vergangenheit verbindet und den sie eigentlich nie wieder sehen wollte. Kein Wunder also, dass sie absolut genervt ist, sich ausgerechnet als seine Verlobte ausgeben zu müssen.

Aaron hält nicht viel von Hochzeiten. Dass ausgerechnet sein bester Freund nun den Bund fürs Leben eingehen will, geht ihm so richtig gegen den Strich. Aber als er dazu aufgefordert wird, mit der süßen Jules die Hochzeitsvorbereitungen zu übernehmen, nimmt er die Herausforderung gerne an. Er macht sich zwar nichts aus Blumen und Torten, aber gegen ein heißes Stelldichein mit der ersten Brautjungfer hat er nichts einzuwenden. Er kann schließlich nicht ahnen, dass diese paar Tage seine Welt auf den Kopf stellen werden.

Als sie so tun müssen, als wären sie selbst ein Paar, knistert es zwischen Jules und Aaron gewaltig.

Können sie ihre Differenzen hinter sich lassen und selbst glücklich werden?

Unter diesem Link kannst du dir dein kostenloses eBook holen: https://zoeywest.com/start

1

JARED

»Verdammt!«

Meine Faust knallt wütend auf die Tischplatte vor mir. Ein Jammer, dass diese ganzen Schwachköpfe meinen Ausbruch nicht sehen können. Vielleicht würde ihnen dadurch bewusstwerden, wie lächerlich ihr rührseliges Verhalten ist. Es ist Dezember. Kein Grund, die Arbeit nicht mehr wichtig zu nehmen. Aber anstatt ihre Aufgaben zu erledigen, scheint es so, als würde ganz Manhattan nur noch auf den großen Tag warten, an dem sie ihre Geschenke verteilen dürfen. Die sie vermutlich an einem eiskalten Tag in einem völlig überfüllten Kaufhaus ergattern haben, in dem mehr Hektik herrschte als zu irgendeiner anderen Jahreszeit.

Habe ich schon erwähnt, wie sehr ich Weihnachten und die Wochen davor hasse? Es scheint so als wären bereits Anfang Dezember alle in Festtagsstimmung. Zumindest erreiche ich kaum jemanden, und wenn doch, sind meine Gesprächspartner nicht nur übel gut gelaunt, sondern auch geschwätzig wie nie.

Erneut nehme ich den Telefonhörer in die Hand und versuche, wenigstens Adam Hartman zu erreichen, der einer meiner wichtigsten Kunden ist und von noch größerer Bedeutung für uns werden könnte.

Meine Firma stellt Getränke, neuerdings auch Cocktails, in Dosen her. Natürlich wesentlich luxuriöser und exklusiver als es sich im ersten Moment anhört. Gerade versuchen wir, Skihütten und Resorts in Wintergebieten als Kooperationspartner zu gewinnen. Hartman ist dabei ein wichtigstes Bindeglied. Ihm gehört nicht nur eines der teuersten Hotelresorts in Aspen. Die Hartman Group führt Luxushotels im gesamten Land. Wenn er aufspringt, machen es ihm die anderen Unternehmer nach.

Normalerweise gehören solche Telefonate nicht zu meinen Aufgaben als Eigentümer und CEO, aber hier kommt wieder die Weihnachtszeit zu tragen. Und die Eigenart des Hoteliers, Geschäfte nur von Besitzer zu Besitzer zu machen. Auf Mittelsmänner verzichtet er gerne. Das bedeutet zwar mehr Arbeit für mich, aber auch mehr Kontrolle über die Entwicklungen. Nach dem dritten Läuten hebt seine

Sekretärin ab. Kein gutes Zeichen, da ich die direkte Nummer in sein Büro gewählt habe.

»Ist Mr. Hartman zu sprechen?«, frage ich mürrisch ohne mich vorzustellen, da ich mir die Antwort bereits denken kann.

»Es tut mir leid, er ist gerade in einem Meeting. Darf ich ihm etwas ausrichten?«

Von wegen Meeting. In dieser Zeit ist das eine nette Umschreibung für eine ausschweifende Weihnachtstrinkerei. Mit einem heutigen Rückruf kann ich also bestimmt nicht rechnen.

»Er soll mich bitte morgen anrufen. Ich bin jederzeit in meinem Büro erreichbar. Jared Cooper.«

»In Ordnung, Mr. Cooper. Mr. Hartman wird sich vermutlich am Vormittag bei Ihnen melden.«

Immerhin etwas. Ich verabschiede mich von seiner Mitarbeiterin und widme mich meinem Kalender, um den nächsten Punkt auf meiner Tagesordnung in Erfahrung zu bringen. Doch ehe ich den folgenden Termin gefunden habe, läutet mein Telefon. Es ist Eve, meine Sekretärin.

»Mr. Cooper, ich wollte Sie an die bevorstehende Besprechung mit Donald Mulder erinnern. Außerdem hat Ihre Schwester angerufen, während Sie in einem Gespräch waren. Sie hat um einen Rückruf gebeten.«

Auch das noch. Meine Familie ist einer, wenn nicht sogar der Grund dafür, weshalb ich Weihnachten nicht ausstehen kann. Alle feiern sie im

Kreise ihrer Liebsten, während ich schon vor vielen Jahren aufgegeben habe, meine Eltern stolz zu machen. Egal, was ich tue, sie haben immer irgendetwas auszusetzen. Ich kann es ihnen einfach nicht recht machen, also versuche ich es auch nicht mehr.

Mit Sarah ist das etwas anderes. Obwohl ich zu Mum und Dad nur Kontakt habe, wenn es unbedingt notwendig ist - was zum Glück so gut wie nie vorkommt -, habe ich mit meiner Schwester eine recht gute Beziehung. Wenn ich sie auch weniger sehe, als ich es gerne würde. Immerhin lebt sie noch bei unseren Eltern, wodurch die zwangsläufig mitbekommen, wenn Sarah und ich miteinander sprechen.

Jedenfalls habe ich im jetzigen Moment keine große Lust, mich dem auszusetzen. Außerdem kenne ich den Grund ihres Anrufs bereits. Bestimmt will sie wieder vermitteln, und mich zu einem gemeinsamen Weihnachtsfest überreden. Aber keine Chance. Keine zehn Pferde bekommen mich ausgerechnet an den Feiertagen in mein Elternhaus. Da verbringe ich die Zeit schon lieber hier im Büro. Zumindest muss ich so niemandem etwas vorspielen oder gar Rechenschaft über mein Leben ablegen.

Gerade jetzt irritiert mich aber etwas ganz anderes.

»Hören Sie Weihnachtslieder?«, frage ich Eve,

als ich eine mir nur allzu bekannte Melodie durch den Hörer wahrnehme.

»Ähm, ja, Mr. Cooper. Ich kann sie aber auch ausmachen, wenn sie Sie stört.«

»Nein, schon gut«, erwidere ich resigniert. Immerhin ist sie mir bisher gar nicht aufgefallen. Sie dürfte also nur leise aufgedreht sein. Aber nicht einmal hier im Büro entkomme ich dieser schrecklichen Zeit. »Gibt es sonst noch irgendetwas?«

»Nein, das ist alles, Mr. Cooper.«

»Okay. Danke, Eve«, sage ich schlicht, da sie keine Ahnung von meinen familiären Problemen hat. Außerdem hat sie nur ihren Job gemacht. Sie hat mir ausgerichtet, dass ich Sarah anrufen soll. Ob ich das nun tue oder nicht, ist alleine meine Entscheidung. Und sie wegen der Weihnachtsmusik kritisieren, obwohl sie von meiner Abneigung nichts weiß, ist eindeutig übertrieben.

Ich beende das Gespräch und wähle die Nummer von Donald Mulders Büro, um ihn zu mir zu bestellen. Da er im Haus arbeitet, können wir diese Besprechung ebenso persönlich abhalten. Es dauert keine fünf Minuten bis er anschließend bei mir ist.

»Ihre Sekretärin scheint es mit Weihnachten ernst zu meinen«, lacht er, während er die Tür hinter sich schließt.

Da ich keine Ahnung habe, wie er das meint,

übergehe ich seine Bemerkung und bedeute ihm, vor meinem Schreibtisch Platz zu nehmen.

»Sie wollten über die Liefertermine mit mir sprechen?«, fordere ich ihn auf, zum eigentlichen Thema zu kommen.

»Ja. Es gibt da ein kleines Problem mit ihrer Zeitplanung. Sie wollten die neuen Drinks bereits nach Weihnachten geliefert haben. Nur steht die Produktion über die Feiertage bis ins neue Jahr still, weshalb es sich leider nicht ausgehen wird.«

Verdammt. Dieses Wort kommt mir heute bereits zum wiederholten Male in den Sinn. Aber dieses Getränk sollte der Hit auf den Silvesterpartys werden. Und das hätten wir auch sicher geschafft, wäre unser Lieferant nicht ein ebensolcher Drückeberger wie viele meiner Geschäftspartner, die dieses verdammte Fest für viel zu wichtig nehmen. Zugegeben, diese Idee kam uns erst ziemlich spät. Aber trotzdem. Zu jeder anderen Jahreszeit wäre es durchaus machbar gewesen.

»Haben wir eine Ausweichmöglichkeit?«, frage ich Donald, da es bereits vorgekommen ist, dass wir auf andere Firma zurückgegriffen haben.

»Ich befürchte, nein. Es ist kurz vor Weihnachten. Jetzt noch eine Fabrik zu finden, die sich auf das Rezept einstellen und rechtzeitig liefern kann, ist praktisch unmöglich.«

»Okay. Dann sprechen Sie sich mit der Marketingabteilung ab. Sie sollen sich etwas einfallen lassen, wie wir eine der bestehenden Sorten auf die Partys bekommen können.«

Denn ich habe nicht vor, auf dieses Geschäft zu verzichten, nur weil die ganze Welt denkt, Familienfeste wären wichtiger als der Job. Aber das sage ich Donald nicht. Er weiß, wie viel Umsatz wir mit dieser Idee hätten machen können. Zwar sind wir nicht darauf angewiesen, da sich unsere Drinks sehr gut verkaufen, aber es war ein ausgeklügelter Plan unserer Marketingabteilung und hätte bestimmt ein paar Millionen eingespielt. Jetzt darauf verzichten zu müssen, nur weil die Fabrik in die Weihnachtsferien geht, schlägt mir doch aufs Gemüt.

Nachdem Donald mein Büro verlassen hat, fällt mir seine Bemerkung über Eve wieder ein. Ich sollte einmal einen Blick riskieren, um mich selbst zu überzeugen, welches Weihnachtsspektakel sich da direkt vor meiner Nase abspielt.

2

EVE

»Komm schon, Carrie, ich habe doch vorgeschlagen, dass wir uns morgen Abend treffen können«, versuche ich, meine beste Freundin milde zu stimmen.

Leider kam es schon öfter vor, dass ich unsere Verabredungen wegen der Arbeit absagen musste. Mein Chef ist schon zu normalen Zeiten ein Workaholic, aber jetzt in der Weihnachtszeit kommt es mir vor, als würde er sein Büro überhaupt nicht mehr verlassen wollen. Was für mich Überstunden bedeutet. Denn als seine Sekretärin kann ich erst dann gehen, wenn wir mit unserer Arbeit fertig sind.

Als Carrie nach einer halben Ewigkeit noch immer nicht antwortet, versuche ich, sie zu bestechen.

»Meine vielen Überstunden halten mich zwar

manchmal davon ab, meine beste Freundin zu sehen, aber sie zahlen sich auch aus. Ich lade dich zu einem Glühwein ein, was meinst du?«

Tatsächlich macht mir mein Job wirklich Spaß. Auch wenn das die meisten Menschen aufgrund der vielen Arbeitsstunden nicht denken würden. Ich arbeite gerne für Jared Cooper. Auch wenn er ein strenger Chef ist, so ist er doch gerecht. Und die Entlohnung kann sich sehen lassen. Mit meinem Gehalt kann ich mir nicht nur ein nettes Apparte- ment mitten in Manhattan leisten, sondern meiner Familie und meinen Freunden auch anständige Geschenke kaufen. Nicht, dass das außerhalb der Weihnachtszeit eine Rolle spielen würde. Aber fest- steht, dass ich dank dieses Jobs ein gutes Leben führen kann. Auch wenn es bedeutet, sehr viel Zeit im Büro zu verbringen. Das macht mir nichts aus. Wie gesagt, mir gefällt mein Job.

Zugegeben, vielleicht hätte ich in meiner Anfangszeit hier aufgegeben, wäre ich nicht in meinen Boss verschossen gewesen. Er ist ein sehr attraktiver Mann. Aber mittlerweile habe ich mich eingewöhnt, und möchte meine Position nicht mehr missen. Auch wenn ich irgendwann eingesehen habe, dass ein Mann wie Jared Cooper für eine Beziehung nicht infrage kommt. Und für nur eine Nacht setze ich meine Arbeit nicht aufs Spiel. Nicht, dass er irgendwann einmal Anstalten gemacht hätte, mit mir zu flirten. Um ehrlich zu sein, bin ich mir nicht einmal sicher, ob er mich überhaupt als Frau wahrnimmt. Für ihn bin ich eher eine Maschine, die seine lange Liste an Aufgaben erledigt. Zumindest habe ich manchmal das Gefühl, dass es so ist.

»Also gut. Aber wehe du versetzt mich wieder,«, reißt Carrie mich aus meinen schrägen Gedanken. Ihre Stimme soll drohend klingen, aber ich höre das Lächeln, das sie bestimmt schon wieder aufgesetzt hat. Zum Glück kann sie mir nicht lange ernsthaft böse sein.

»Mache ich nicht. Versprochen«, sage ich gerade, als sich die Bürotür meines Chefs öffnet. »Ich muss schlussmachen, Carrie. Wir sehen uns.«

Schnell beeile ich mich, das private Telefongespräch zu beenden. Zwar brauche ich kein schlechtes Gewissen zu haben, an einem Vierzehnstundentag auch einmal eine kurze Pause zu machen. Besonders in der Weihnachtszeit, in der andere damit beschäftigt sind, von einer Feier zur nächsten zu laufen. Aber mein Chef muss mich nicht unbedingt dabei erwischen. Schon gar nicht, nachdem er bei unserem letzten Gespräch die Weihnachtsmusik, die ich ganz leise im Hintergrund laufen hatte, bemerkt und sogar angesprochen hat. Keine Ahnung warum, aber Jared Cooper ist ein kleiner Grinch und kann der heiteren Stimmung rund um dieses Fest gar nichts abgewinnen.

Ich werfe einen kurzen Blick auf die spärliche

Weihnachtsdeko, die ich erst heute auf meinem Schreibtisch aufgebaut habe, um zumindest ein bisschen in die richtige Stimmung zu kommen, doch es ist zu spät, sie wieder zu entfernen. Mein Boss steht bereits vor mir und sieht sich mit ernster Miene um.

»Kann ich irgendetwas für Sie tun, Mr. Cooper?«, frage ich ihn mit meiner freundlichsten Sekretärinnenstimme, um von den weihnachtlichen Dekoartikeln um mich herum abzulenken. Stumm stoße ich ein Dankgebet gen Himmel, dass ich die Musik rechtzeitig ausgemacht habe.

»Ich wollte mich nur davon überzeugen, dass der Weihnachtsmann persönlich mit seinen Elfen im Schlepptau sich nicht in unser Büro verirrt hat.«

Mit gerunzelter Stirn sehe ich ihn an. Ich verstehe nur Bahnhof. Gut, ich habe meinen Schreibtisch etwas dekoriert. Aber der Weihnachtsstern im grün-roten Topf, die vier Kerzen in Marmeladegläsern, die meinen Adventskranz bilden sollen, sowie die zwei kleinen Rentierfiguren sind nun wirklich zurückhaltend. Okay, vielleicht sind die selbstgemachten Plätzchen in Form von Tannenbäumen, die ich für die Kollegen, die bei mir vorbeikommen, aufgestellt habe, ein bisschen zu dick aufgetragen. Alles in allem könnte es aber durchaus schlimmer sein.

Jared Cooper dürfte meinen Blick richtig

deuten, denn er erklärt mir seinen merkwürdigen Auftritt.

»Donald meinte, Sie würden Weihnachten vielleicht etwas zu ernst nehmen. Ich wollte mich nur selbst davon überzeugen, dass sie das Büro nicht in den Nordpol verwandelt haben.«

»Keine Angst, das wäre mir viel zu kalt. Außerdem funktioniert Weihnachten nicht so. Das ist Ihnen klar, oder?«

Jetzt ist es an meinem Chef mich fragend anzusehen.

»Am Nordpol ist die Werkstatt des Weihnachtsmanns. Ich kann hier keine Spielzeugfabrik eröffnen, falls Sie das befürchten. Dafür haben wir viel zu wenig Platz.«

Ist das tatsächlich ein Lächeln, das da über Mr. Coopers Gesicht huscht? Habe ich es geschafft, den Grinch höchstpersönlich mitten in der Weihnachtszeit ein bisschen aufzuheitern? Ich kann ein Schmunzeln vor Freude nicht unterdrücken, auch wenn es kindisch ist.

»Nun, das beruhigt mich. Sie können auch gerne Ihre Weihnachtsmusik wieder einschalten. Solange sie niemandem beim Arbeiten stört, soll es mir recht sein.«

Mit diesen Worten verschwindet er wieder in seinem Büro. Sobald sich die Tür hinter ihm geschlossen hat, mache ich mich tatsächlich daran, eines meiner Lieblingslieder aufzudrehen und summe vergnügt mit. So werde ich die letzten zwei Wochen bis Weihnachten sicher auch noch überstehen. Selbst wenn ich zu keiner richtigen Vorweihnachtsfeier gehen kann, weil hier bei der Arbeit viel zu viel zu tun ist.

3

JARED

»Mr. Cooper, Adam Hartman ist für Sie auf Leitung eins.«

Ein kurzer Blick auf die Uhr verrät mir, dass es gerade einmal neun Uhr in der Früh ist. Obwohl ich schon seit drei Stunden im Büro bin, habe ich mit Hartman erst gegen Mittag gerechnet. Immerhin bin ich davon ausgegangen, dass sein angebliches Meeting von gestern eher eine feuchtfröhliche Feier war. Entweder habe ich mich geirrt, oder ich spreche gleich mit einem unausgeschlafenen, verkaterten Hotelier. Letzteres wäre für mein Vorhaben nicht unbedingt günstig. Außer er gehört zu der Sorte Mensch, die ihren Kater mit Alkohol besiegen. Immerhin will ich ihm unsere Cocktails ans Herz legen.

»Mr. Hartman, vielen Dank für Ihren Rückruf«, begrüße ich den Mann und hoffe, bereits nach den ersten gewechselten Worten herausgefunden zu haben, in welcher Stimmung er sich befindet.

»Jared Cooper, ich habe mich schon gewundert, weshalb Sie so lange auf Ihren Anruf bei mir haben warten lassen.« Er lacht ins Telefon und ich atme erleichtert aus aufgrund seiner scherzenden Reaktion.

»Es freut mich, dass Sie offenbar schon von unserem neuesten Projekt gehört haben. Tatsächlich sind Sie der Erste, dem ich unsere Drinks anbieten möchte.«

Ich nehme nicht an, dass ihn die Tatsache verwundert, dass er meine erste Anlaufstelle ist. Wahrscheinlich hat er sogar damit gerechnet. Es ist in der Branche nicht unbemerkt geblieben, dass wir an einem neuen Produkt arbeiten, das gerade für Events und Bars im Außenbereich interessant ist. Trotzdem kann es nicht schaden, ihm ein wenig Honig ums Maul zu schmieren.

»Dann erzählen Sie mal. Wieso sollten Ihre Cocktails um so vieles besser sein, als die, die unser Barkeeper kreiert?«

Ein Lächeln breitet sich in meinem Gesicht aus. Mit dieser Frage hat Adam Hartman sich verraten. Er weiß genau, wie wichtig unsere Kreation für ihn sein könnte. Denn mit den Cocktails in Dosen spart er nicht nur Zeit bei der Auslieferung, es gibt auch keine Gläser, die er im Anschluss einsammeln und waschen muss. Ganz zu schweigen von denen, die bei Partys zu Bruch gehen. Die Getränke, die meine Firma herstellt, sind von bester Qualität und im ganzen Land für ihren guten Geschmack berühmt. Allerdings beschränkten sie sich bisher auf Prosecco und ein paar antialkoholische Trendgetränke in der Dose. Die Cocktails, die zwar fertig ausgeliefert werden, aber trotzdem schmecken, als wären sie gerade an der Bar frisch gemixt worden, sind eine absolute Neuheit. Ich übertreibe nicht, wenn ich sage, dass die Welt darauf gewartet hat.

»Ich kann Ihnen gerne alle Vorteile unserer Getränke aufzählen. Aber wir beide wissen, wie sehr Sie unsere bisherigen Produkte schätzen«, beginne ich, ihm zu erklären. Doch um ihn tatsächlich weichzukochen, habe ich noch ein Ass im Ärmel. »Aufgrund unserer bisherigen Partnerschaft, die ich sehr schätze, würde ich Sie gerne zu einer kleinen, exklusiven Verkostung einladen. Außerdem schwebt mir ein CI-Cocktail für Ihre Hotels vor. Sie müssen wissen, dass wir die Rezepte individuell anpassen können. Ein Cocktail, der in seinem Geschmack einzigartig ist und nur in ihren Hotels angeboten wird, könnte durchaus ein Grund für manche Gäste sein, öfter bei Ihnen zu urlauben.«

Nachdem ich mit meinen Ausführungen fertig bin, entsteht eine längere Pause. Doch die beunruhigt mich keineswegs. Sie bedeutet, dass er über mein Angebot nachdenkt. Und das ist mehr als gut für uns.

»Diese Idee dürfte vor allem meine Frau begeistern. Vielleicht wissen Sie, dass Ihre Kräutershops mittlerweile in jedem unserer Hotels untergebracht sind. Sie versteht es, für jeden Kunden die richtige Komposition zu finden. Wenn sich das auch auf unsere Bar übertragen ließe, wäre ich ebenso begeistert«, beginnt er nach einer Weile zu sprechen und klingt dabei sogar ein wenig aufgekratzt. Ich habe ihn an der Angel.

»Ihre Frau ist natürlich ebenfalls zu der Verkostung eingeladen. Wir würden uns freuen, Sie bei uns begrüßen zu dürfen«, schleime ich mich noch etwas mehr ein.

»Nun, was das betrifft … Wie wäre es, wenn Sie vor Weihnachten zu uns nach Aspen kommen und sich ein genaueres Bild über unser dortiges Hotel machen würden? Die Verkostung können wir auch hier abhalten, wenn Ihnen das nicht zu viele Umstände macht. Ich denke, so ist es bestimmt einfacher einen passenden Cocktail für unsere Hotels zu kreieren. Natürlich können Sie Ihre Partnerin ebenfalls mitbringen. Demi würde sich über weibliche Gesellschaft sicher freuen.«

Ich schlucke hart. Meinen Beziehungsstatus habe ich nie an die große Glocke gehangen. Deshalb weiß Adam Hartman vermutlich auch nicht, dass ich Single bin. Ob es jetzt eine solch gute Idee ist, ihm diesen Umstand auf die Nase zu binden, weiß ich nicht recht.

»In Ordnung. Dann kommen wir zu Ihnen«, erkläre ich kurzentschlossen. »Meine Assistentin wird sich bei Ihrer zwecks Terminvereinbarung melden.«

»Ausgezeichnet. Ich freue mich darauf.«

Nachdem ich das Gespräch beendet habe, betätige ich die Direktwahl zu Eves Schreibtisch.

»Was kann ich für Sie tun, Mr. Cooper?«, vernehme ich ihre melodische Stimme durch die Leitung.

»Kommen Sie bitte in mein Büro. Ich habe etwas Wichtiges mit Ihnen zu besprechen«, sage ich, da ich diese Angelegenheit nicht am Telefon klären kann. Ich weiß so schon nicht recht, wie ich sie um diesen Gefallen bitten soll.

»Natürlich, Sir«, erwidert sie schlicht, bevor sie das Telefonat beendet.

Keine zehn Sekunden später steht sie mit Block und Bleistift bei mir im Büro. Offensichtlich erwartet sie, eine neue Aufgabe zugeteilt zu bekommen. Nun, irgendwie ist das auch der Fall. Nur wird sie für diese hier keine Schreibutensilien brauchen.

4

JARED

»Sie wollten mich sprechen.« Obwohl ich Eve gerade selbst gebeten habe, zu mir zu kommen, klingen ihre Worte fragend.

»Ja. Wie Sie wissen, hatte ich gerade eine Unterredung mit Adam Hartman. Wir wollen ihn als Kunden für unsere neuen Cocktails gewinnen. Um genau zu sein, ist er der Schlüssel zu unserem Erfolg. Wenn er von unserem Produkt überzeugt ist, werden auch die anderen Hoteliers einsteigen. Obwohl die Hartman Group alleine schon ausreichen würde, um einen schönen Gewinn zu machen.«

Eve weiß all das natürlich schon. Sie ist meine Assistentin und muss über alles informiert sein, was in meiner Firma vor sich geht. Weshalb ich ihr die Geschichte trotzdem noch einmal erzähle, weiß ich nicht recht. Wahrscheinlich will ich mich vor dem drücken, was ich ihr eigentlich zu sagen habe.

Meine Assistentin lässt sich nicht anmerken, dass ich ihr unnötige Informationen weitergebe, sondern sieht mich geduldig abwartend an. Ich gebe mir einen Ruck, um ihr die Details des Geschäfts zu erzählen, die sie noch nicht kennt.

»Eigentlich hatte ich vor, Adam Hartman zu einer Verkostung hier bei uns einzuladen, aber er besteht auf einen Besuch in seinem Resort in Aspen. Ich möchte, dass Sie sich um die Reisevorbereitungen kümmern, und mit mir kommen. Wir sollten in spätestens einer Woche los und werden so lange bleiben, bis das Geschäft abgeschlossen ist.«

Ich beobachte Eves Reaktion genau. Hat sie bis gerade eben noch keine Miene verzogen, so wirkt sie jetzt schockiert. Dabei ist es nicht das erste Mal, dass sie mich auf eine Reise begleiten soll. Jetzt bin ich derjenige, der sie abwartend ansieht. Es dauert einen Moment, bis sie sich dazu durchringt, mir zu antworten.

»Bei allem Respekt, Mr. Cooper. Es ist Dezember. Bis wir abreisen können, wird es kurz vor Weihnachten sein. Meine Familie erwartet mich zu den Feiertagen und ich habe nicht vor, sie zu enttäuschen. Ich begleite Sie gerne auf diese Reise. Aber nur unter der Bedingung, dass ich rechtzeitig wieder zurück bin.«

Noch nie hat sich Eve gegen eine meiner Anweisungen gewehrt. Mir ist bewusst, dass die Weihnachtszeit für viele ein heikles Thema ist. Aber meine Assistentin ist es gewohnt, ihre Ferien durchzuarbeiten und Überstunden zu machen. Eigentlich hätte es keine große Überraschung für sie sein sollen, auch an Weihnachten für mich da sein zu müssen. Wobei ich zugeben muss, dass ich es nicht vorhatte. Natürlich haben meine Mitarbeiter ein Recht darauf, die Feiertage so zu verbringen, wie es ihnen gefällt. Ich bin kein Unmensch. Außerdem rechne ich ohnehin damit, dieses Geschäft rechtzeitig abschließen zu können. Ich meine, was kann schon schiefgehen? Wir fliegen nach Aspen, stellen Hartman unsere Drinks vor, kreieren mit ihm gemeinsam einen CI-Cocktail und fliegen wieder zurück. Wie lange kann das dauern? Drei Tage? Vielleicht auch fünf? Wir haben also massig Zeit, um rechtzeitig zu Weihnachten wieder in New York zu sein.

»Ich verspreche Ihnen, dass Sie Ihre Familie nicht enttäuschen werden«, sage ich deshalb zu Eve.

Sie zögert nur ganz kurz, bevor sie zustimmend nickt. Gut. Eve weiß genau, ich würde niemals ein Versprechen machen, das ich nicht auch halten kann. Ich bin ein Mann, der zu seinem Wort steht.

»Dann werde ich mich um die Vorbereitungen kümmern. Ich nehme an, wir sind dafür zuständig, die Flüge zu buchen, und ich spreche mich mit Mr.

Hartmans Assistentin wegen eines genauen Termins ab?«

»Ja, richtig. Und sorgen Sie bitte auch dafür, dass ausreichend Exemplare unserer Drinks und der Testcocktail, den wir bereits fertiggestellt haben, vor Ort verfügbar sind, wenn wir ankommen. Ich bitte Donald, sich diesbezüglich mit Ihnen abzusprechen«, sage ich, und öffne eine neue Mail, um diesen wichtigen Punkt nicht zu vergessen.

»Natürlich. Ist das dann alles?«, fragt Eve.

»Ja, ja«, sage ich, bereits in die Details meiner Ausführungen an unseren Fabrikleiter vertieft, und winke ab.

Erst als Eve die Bürotür hinter sich geschlossen hat, fällt mir ein, dass ich ein nicht unwesentliches Detail meines Deals mit Hartman vergessen habe zu erwähnen. Nachdem meine Assistentin schon nicht begeistert war, überhaupt mit mir nach Aspen zu kommen, befürchte ist, wird diese Nachricht sie erst recht sauer machen. Aber es ist nun einmal ihr Job, mir zur Seite zu stehen. Auch wenn das, was ich ihr jetzt zu sagen habe, sicher nicht in ihrem Dienstvertrag steht.

»Eve, können Sie bitte noch einmal zu mir ins Büro kommen?«, bitte ich sie und erneut braucht sie keine halbe Minute, um bei mir zu sein.

»Was kann ich noch für Sie tun, Sir?« Ihre stimme klingt misstrauisch. Kein Wunder, ich habe sie bereits gebeten, fast die komplette Vorweihnachtszeit mit mir zu verbringen. Weit weg von ihren Freunden und ihrer Familie. Wenn ich so darüber nachdenke, wofür normale Menschen diese Zeit nutzen, bringe ich sie wahrscheinlich wirklich in ein Dilemma. Sie wird auf jegliche Weihnachtsfeier verzichten müssen. Ob sie die Geschenke für ihre Liebsten noch rechtzeitig besorgen kann, steht auch in den Sternen. Ich nehme mir vor, sie zumindest dabei zu unterstützen, sobald wir von dieser Reise zurück sind. Eve war mir immer eine gute Assistentin. Ich möchte sie nur ungern verlieren, weil ich mit diesem ganzen Weihnachtsfirlefanz nichts anfangen kann. Aber wer weiß, vielleicht erledigt sich das gleich ganz von selbst.

»Ich habe Adam Hartman zugesagt, mit meiner Freundin in das Resort zu kommen, um die Vorweihnachtszeit mit ihr gemeinsam genießen zu können«, beginne ich meine kleine Rede. Wenn ich mich nicht irre, funkeln Eves Augen kurz auf, als ich auf meine imaginäre Freundin zu sprechen komme. Klar, sie ist meine Assistentin. Gäbe es eine derartige Frau in meinem Leben, wüsste sie bestimmt davon.

»Sie wünschen also, dass ich drei Flugtickets buche?«, fragt sie irritiert nach, da ich mir zu lange Zeit lasse, um weiterzureden.

»Nein. Um genau zu sein, möchte ich, dass Sie meine Freundin spielen. Alles ganz unverfänglich, natürlich. Wir werden bestimmt eine der Suiten für unseren Aufenthalt bekommen. Die sind groß genug, um uns nicht, nun, auf die Füße zu treten, um es so auszudrücken. Vor Adam Hartman spielen wir das verliebte Paar. Aber da wir dort auf Geschäftsreise sind, wird niemand verlangen, dass wir irgendwelche Zärtlichkeiten oder dergleichen austauschen«, sage ich, und schaffe es sogar, keine Miene zu verziehen. Dabei ist mir dieses Gespräch extrem unangenehm. Ich bin Eves Boss. Alleine aufgrund meines Vorschlags könnte sie mich schon der sexuellen Belästigung bezichtigen. »Das wird bestimmt ein Kinderspiel. Also, wenn Sie sich dann um die Vorbereitungen kümmern würden«, schließe ich meine kleine Rede ab und wende mich wieder meinen Unterlagen zu.

Erst einige Augenblicke später wird mir bewusst, dass Eve noch immer an der Tür steht. Sie sieht wütend aus. Zum ersten Mal, seit sie für mich arbeitet, fällt mir auf, wie unglaublich attraktiv sie ist. Wahrscheinlich liegt es an ihrem Gesichtsausdruck, der nichts Gutes verspricht. Genau genommen sieht sie so aus, als würde sie am liebsten über mich herfallen. Nicht im positiven Sinne.

»Was bilden Sie sich eigentlich ein?«, blafft sie mich an.

Normalerweise würde ich sie bereits an diesem Punkt unterbrechen, und ihr diesen Ton mir gegenüber verbieten. Ich bin schließlich ihr Boss und ich erwarte einen angemessenen Respekt von meinen Angestellten. Doch sie wirkt derart sexy, wie sie sich gerade gegen mich auflehnt, dass ich nicht anders kann, als sie weiterreden zu lassen.

5

EVE

Jetzt hat er doch tatsächlich komplett den Verstand verloren. Zuerst bittet er mich, kurz vor Weihnachten mit ihm nach Aspen zu fliegen - auf unbestimmte Zeit, da dieser verdammte Deal abgeschlossen sein muss, ehe wir uns wieder auf den Heimweg machen. Und dann verlangt er ernsthaft, ich soll mich als seine Freundin ausgeben? Nachdem er mich jahrelang nicht einmal als Frau wahrgenommen hat?

Ich will ehrlich sein. Jared Cooper ist heiß. Heißer als heiß. Er ist der attraktivste Mann, der mir jemals untergekommen ist. Als ich angefangen habe, für ihn zu arbeiten, hätte eine solche Bitte sofort die Schmetterlinge in meinem Bauch aufgescheucht. Mittlerweile habe ich ihn allerdings besser kennengelernt und weiß somit, dass er absolut kein Heiratsmaterial ist.

Wenn überhaupt, ist er in einer innigen Beziehung mit seiner Arbeit. Sicher jedoch nicht mit einem anderen Menschen. Okay, er ist ein fairer Chef. Auch wenn ich die Überstunden, die ich in meiner Zeit hier angesammelt habe, kaum noch zählen kann, gehört das eben zu dem Job einer Assistentin der Geschäftsführung dazu. Das wäre in jedem anderen Unternehmen genauso. Aber anders als viele CEOs hat er von mir noch nie das Unmögliche verlangt, nur um hinterher, wenn sein Plan nicht aufgeht, seinen Frust bei mir abzulassen. Doch das hier übersteigt alles, was ich bisher von Kolleginnen in diese Richtung gehört habe. Zumal der Plan nicht nur unerhört, sondern auch absolut lächerlich ist. Kein Mensch wird uns abnehmen, dass wir ein Paar sind.

Vielleicht ist es etwas übertrieben, ihn gleich derart anzublaffen. Immerhin ist er mein Boss. Aber was genug ist, ist genug. Ich kann und werde nicht die Freundin von Jared Cooper spielen. Sein amüsierter Gesichtsausdruck, den er aufgelegt hat, nachdem die ersten angriffslustigen Worte meinen Mund verlassen haben, macht mich nur noch wütender. Weshalb ich mich immer mehr in Rage rede.

»Sie vereinbaren einfach so, ohne mich zu vorher zu fragen, eine Geschäftsreise, auf die ich Sie kurz vor Weihnachten begleiten soll. Sie wissen noch nicht einmal sicher, ob wir es vor den Feiertagen zurückschaffen. Nein, sagen Sie nichts«, hebe ich meine Hand, ehe er Einspruch erheben kann, »Sie können es mir nicht garantieren. Ich arbeite schon lange genug in dieser Firma, um zu wissen, wie schwierig sich manche Geschäftsabschlüsse gestalten. Damit riskieren Sie, mein Weihnachten zu gefährden. Weihnachten. Das Fest der Familie. Haben Sie überhaupt schon einmal davon gehört? Nicht jeder vergräbt sich in seine Arbeit, um weiß der Geier was zu kompensieren. Manche von uns freuen sich darauf, ein paar freie Tage im Kreise der Familie genießen zu können. Als wäre das noch nicht genug, verlangen Sie auch noch von mir, dort als Ihre Freundin aufzutreten? Verzeihen Sie, Mr. Cooper, ich tue wirklich viel für diese Firma, aber das geht eindeutig zu weit. Ich denke gar nicht daran, Ihre Freundin zu spielen.«

Ich habe mich derart in Rage geredet, dass mir erst bewusst wird, was ich da alles von mir gegeben habe, als ich fertig bin. Hitze steigt mir in den Kopf. Bestimmt bin ich mittlerweile rot wie eine Tomate. Nur leider nicht mehr vor Ärger, sondern weil es mir unangenehm ist, so mit meinem Boss gesprochen zu haben. Auch wenn ich jedes Wort genau so meinte. Ich schlucke hart. Doch nach genauerem Hinsehen merke ich, dass Jared Cooper noch immer grinst. Und dabei leider wieder einmal unwiderstehlich gut aussieht. Nein, ich darf mich von seinem Äußeren nicht ablenken lassen. Dieser

Mann verlangt einfach zu viel von mir. Das darf ich mir nicht bieten lassen. Ich funkle ihn an und kann gerade noch widerstehen, wie ein kleines Kind mit dem Fuß aufzustampfen.

»Was?«, frage ich ihn, wobei ich nicht genau weiß, ob ich wütend bin, oder Angst haben sollte, meinen Job zu verlieren.

»Eve, Sie arbeiten doch gerne für diese Firma, oder?« Okay, ich darf mich wohl auf Letzteres gefasst macht.

»Schon. Nur …« Ehe ich weitersprechen kann, unterbricht mein Boss mich.

»Das ist ein wichtiger Deal, den ich versuche, abzuschließen. Obwohl sich mein Unternehmen keine Gedanken über die Finanzen machen muss, weil wir sehr gut aufgestellt sind, möchte ich trotzdem nicht auf die Millionen verzichten, die wir dabei verdienen könnten. Das verstehen Sie doch sicher?«

»Ja. Natürlich verstehe ich das. Aber das bedeutet nicht …« Schon wieder komme ich nicht dazu, meinen Satz zu beenden.

»Das heißt nicht, dass Sie für ein paar Tage so tun können, als wären wir ein Liebespaar? Obwohl ich Ihnen mitgeteilt habe, dass Sie von mir nichts zu befürchten haben? In sexueller Hinsicht meine ich.«

Bei dem Gedanken an Sex mit meinem Boss steigt erneut die Hitze in meinen Kopf. Dem Blick von Jared Cooper nach zu urteilen, weiß er genau, was gerade in mir vorgeht. Ein Schmunzeln umspielt seine Lippen. Dieser Mistkerl scheint das hier auch noch zu genießen. Obwohl mir dieses Gespräch mehr als unangenehm ist, bleibt mir nichts anderes übrig, als ihm meinen Standpunkt noch einmal deutlich zu machen.

»Wie stellen Sie sich das denn vor? Wir kreuzen in dem verschneiten Aspen auf, bekommen eine einzelne Suite zur Verfügung gestellt, und verbringen die Tage gemeinsam mit dem Eigentümer, dem Sie erzählt haben, ich wäre Ihre Freundin. Denken Sie wirklich, das kauft er uns ab, ohne, dass wir uns auch so verhalten, als wären wir verliebt ineinander?«

Ha! Jetzt habe ich ihn. Dem kann er nun wirklich nichts mehr entgegensetzen. Von wegen er würde mir nicht zu nahe kommen.

»Also, ich bitte Sie, Eve. Bin ich wirklich derart abstoßend, dass Sie es nicht über sich bringen, hin und wieder meine Hand zu halten? Kein Mensch wird von uns verlangen, dass wir uns auch nur küssen. Das ist ein Businessausflug, kein Honeymoon.«

Erneut schlucke ich. Er hat recht. Aber Jared Cooper kann auch nicht ahnen, wie sehr mich alleine der Gedanke daran, seine Hand zu halten, durcheinander bringt. Ich ermahne mich dazu, einen kühlen Kopf zu bewahren. Auch wenn das gerade nicht so einfach ist. Dann kommt mir endlich eine Idee, die diesen lächerlichen Deal zumindest erträglicher macht. Außerdem sieht es ganz danach aus, als wäre mein Boss auf mich angewiesen. Jedenfalls mehr als ich auf diesen Job. Ich meine, seien wir ehrlich, während meiner Zeit in dieser Firma habe ich die besten Kontakte geknüpft. Nicht erst einmal wollte mich ein Konkurrent abwerben. Ich wäre keine zwei Tage am Markt, da hätte ich bereits eine neue Stelle, die vermutlich sogar noch besser bezahlt wäre.

»Einverstanden. Aber ich will eine Gehaltserhöhung. Und einen ordentlichen Bonus. Sagen wir zehn Prozent mehr Gehalt und 10.000 Euro Weihnachtsbonus? Das ist mehr als angemessen, wenn ich riskiere, meine Familie über die Feiertage im Stich zu lassen.«

Ich weiß genau, wie hoch ich hier pokere. Dementsprechend nervös bin ich auch. Trotzdem versuche ich, mir nichts anmerken zu lassen, und sehe meinem Boss direkt in die Augen. Er scheint über meine Bedingungen nachzudenken. Zumindest schreit er mich nicht sofort an und wirft mich nicht aus seinem Büro. Doch es dauert eine halbe Ewigkeit, bis er endlich zu sprechen beginnt.

»Also gut«, sagt er seufzend und meine Augen werden groß. »Sie bekommen eine Gehaltserhöhung und von mir aus auch einen Bonus. Aber ich würde sagen, sieben Prozent und 5.000 Euro sind mehr als ausreichend.«

Ein breites Grinsen bildet sich in meinem Gesicht. Zwar werde ich noch immer Jared Coopers Freundin spielen müssen, aber mit dieser Entlohnung, fällt es mir schon ein bisschen leichter.

»Gut. Dann wäre das geklärt«, sage ich, um eine ruhige, kräftige Stimme bemüht.

»Wenn Sie dann so nett wären, und sich um die Reisevorbereitungen kümmern würden ...«

»Natürlich«, erwidere ich immer noch grinsend.

Die Freude über die Gehaltserhöhung und den satten Bonus überwiegt meine Nervosität aufgrund des mir bevorstehenden Schauspiels. Das wird ein Klacks. Ein paar Tage die Freundin von Jared Cooper spielen. Wie schlimm kann das schon werden?

6

JARED

Wieder einmal verbringe ich den Abend in meinem Penthouse. Meine einzige Gesellschaft sind einige Unterlagen, die ich aus dem Büro mitgenommen habe. Zumindest gönne ich mir einen Whiskey, während ich die Zahlen durchgehe. Sonst habe ich keinerlei Problem damit, bis spät in die Nacht hinein zu arbeiten. Ich habe mich daran gewöhnt. Immerhin tue ich seit gut fünf Jahren nichts anderes. Seit ich meine Firma gegründet habe, widme ich ihr mein Leben. Aber, wie heißt es so schön? Ohne Fleiß kein Preis. Und mein Unternehmen hat es schließlich in nur fünf kurzen Jahren zu internationaler Anerkennung gebracht.

Doch obwohl ich stolz auf all das sein könnte, was ich bisher erreicht habe, strebe ich nach immer mehr. Weil es mir nicht genug ist, einer der Besten zu sein. Ich will der Beste sein. Wahrscheinlich habe ich das meinen Eltern zu verdanken. Ich bin zwar kein Psychologe und habe auch keine große Lust darauf, mein Verhalten zu hinterfragen, aber in diesem Punkt ist es doch recht eindeutig, was mich dermaßen antreibt. Auch wenn ich es nicht zugeben würde.

Das Klingen meines Handys unterbricht meine verqueren Gedanken. Ein Blick auf das Display zeigt mir, dass es meine Schwester ist, die versucht, mich zu erreichen. Erst in diesem Moment fällt mir ein, dass ich den Rückruf, den meine Assistentin ihr versprochen hat, bis jetzt hinausgezögert habe. Mit einem resignierten Schnaufen hebe ich ab.

»Hi Sarah. Was gibt's Neues bei dir?«

»Du meinst, außer der Tatsache, dass ich von der Assistentin meines Bruders vertröstet, dann aber tagelang nicht zurückgerufen werde?«, sagt sie in einem belustigten Tonfall.

Hier kommt wieder einmal das fröhliche, immer gut gelaunte Wesen meiner Schwester zum Vorschein. Sie kann niemandem böse sein und sieht das Leben allgemein wesentlich positiver, als es tatsächlich ist. Ich würde behaupten, das liegt daran, dass sie so behütet aufgewachsen ist, aber, obwohl das sogar stimmt, verschließt Sarah die Augen nicht vor der Realität. Im Gegenteil. Sie setzt sich sogar ehrenamtlich für Jugendliche ein, die auf der Straße leben. Trotzdem hat sie sich ihre positive Einstellung immer bewahrt. Sie ist der Sonnenschein der Familie. Was man von mir nicht gerade behaupten kann.

»Tut mir leid«, gebe ich zurück und meine es in diesem Moment auch so. Sie kann schließlich nichts dafür, dass ich mit unseren Eltern im Clinch liege.

»Schon vergessen«, sagt sie gut gelaunt. »Ich wollte dir nur erzählen, dass ich das Praktikum bei der Modezeitschrift, von der ich dir erzählt habe, bekommen habe.«

Das ist etwas, das mich an Sarah schon immer fasziniert hat. Einerseits hat sie eine soziale Ader und hilft, wo sie nur kann, andererseits kann sie ihr Interesse für Mode und teure Accessoires nicht verbergen. Meine Schwester ist eines der Mädchen, denen man auf den ersten Blick nicht zutrauen würde, wie klug und hilfsbereit sie eigentlich sind. Ich bin mir sicher, das wird ihr in der Geschäftswelt noch von Vorteil sein. Solche Menschen werden leicht unterschätzt. Weiß sie damit umzugehen, kann sie es weit bringen.

»Toll, das freut mich für dich, Sarah. Wann fängst du an?«

»Letzten Montag. Ich habe die ersten Arbeitstage schon hinter mir und finde es großartig. Wusstest du, dass die Redakteure ständig irgendwelche Geschenke bekommen?«

Als ob meine Schwester darauf angewiesen

wäre. Unsere Eltern sind reich. Auch ohne eigenes Geld zu verdienen, kann sie sich nur von ihrem Taschengeld wöchentlich neu einkleiden. Oder einen Kleinwagen kaufen. Es ist irgendwie niedlich, dass sie sich trotzdem so sehr über Werbegeschenke freut.

»Und wenn du die Tasche, die du gerne hättest, in einer falschen Farbe bekommst?«, ziehe ich sie auf.

»Dann schenke ich sie einfach weiter und kaufe mir die Richtige selbst. Es ist der Gedanke, der zählt. Darum geht es aber auch gar nicht. Ich denke, ich habe endlich meine Berufung gefunden.«

Meine Augenbrauen schnellen nach oben. Ist das ihr Ernst? Sie hilft seit Jahren gemeinnützigen Organisationen und jetzt soll es ihre Berufung sein, bei einer Modezeitschrift zu arbeiten?

»Ich weiß, was du denkst«, unterbricht sie mich, noch bevor ich etwas hätte sagen können. »Aber in dem Magazin geht es nicht ausschließlich um Mode. Es werden auch ernste Themen behandelt. Außerdem planen sie eine dauerhafte Kampagne, um bedürftigen Menschen zu helfen. Sie haben mich gefragt, ob ich die Leitung übernehmen will.«

»Schaffst du das denn neben deiner Ausbildung? Das wäre doch ein Vollzeitjob, oder?«, frage ich misstrauisch, da ich bereits die Alarmglocken läuten höre. Ich kann nur hoffen, sie hat nicht vor, ihr Studium zu schmeißen. Unsere Eltern würden die Krise bekommen. Es wäre ihnen zuzutrauen, dafür auch noch mir die Schuld in die Schuhe zu schieben. Vorbildwirkung und so weiter.

»Bis zu meinem Abschluss arbeite ich mit einer Kollegin zusammen an dem Projekt. Ich bringe die Ideen ein und sie ist für die Umsetzung verantwortlich. Wenn ich nächstes Jahr dann mit dem Studium fertig bin, steige ich voll ein.«

Puh, das erleichtert mich ungemein. Trotzdem reiße ich mich zusammen und lasse mir nichts anmerken. Sarah wäre bestimmt enttäuscht, wenn sie merkt, wie ich für einen Moment an ihrer Vernunft gezweifelt habe.

»Das freut mich für dich, Sarah. Ehrlich. Darauf werden wir irgendwann gemeinsam anstoßen.«

»Das wäre toll«, erwidert sie und klingt gar nicht mehr so gut gelaunt wie noch vor wenigen Sekunden.

»Was ist denn los?«, frage ich sie besorgt.

»Ach, ich vermisse dich einfach. Du lässt dich ja nie hier sehen. Ich weiß, du hast Probleme mit Mum und Dad und es liegt nicht an mir. Aber trotzdem bin ich diejenige, die darunter leidet und die ihren Bruder nie zu Gesicht bekommt.«

Nun seufze ich doch laut auf. Ich weiß, dass meine Schwester mich abgöttisch liebt. Das hat sie schon als kleines Kind getan, und daran hat sich bis heute nichts geändert. Wenn ich ehrlich bin, fehlt sie mir auch. Nur bin ich meist durch meine Arbeit so abgelenkt, dass ich nicht zum Nachdenken komme.

»Wie wäre es, wenn du in den Ferien für ein paar Tage zu mir kommst? Wir könnten jeden Abend Pizza bestellen und alte Filme sehen.«

»Au ja. Das machen wir. Und wir ...«

»Sarah, mit wem sprichst du da?«, höre ich die Stimme meiner Mutter im Hintergrund und spüre sofort, wie ich mich innerlich anspanne.

»Ich komme gleich, Ma«, ruft meine Schwester, bevor sie sich wieder mir zuwendet. »Tut mir leid, wo waren wir? Ach ja ...«

»Sarah, es tut mir leid, ich muss wieder weitermachen. Ich habe noch einiges zu tun«, unterbreche ich sie, da ich keinesfalls riskieren will, dass meine Muter noch nach dem zweiten Telefonhörer greift, um herauszufinden, mit wem ihre Tochter so lange quatscht. Das ist nicht erst einmal vorgekommen.

»Okay ... Ja, dann ... Wir hören uns«, erwidert Sarah ein wenig niedergeschlagen.

Darauf kann ich allerdings keine Rücksicht nehmen. In ein paar Augenblicken wird sie das Ganze wieder vergessen haben und zu ihrem fröhlichen Naturell zurückfinden. Bestimmt trifft sie sich heute noch mit Freundinnen, um einen Weihnachtsmarkt unsicher zu machen.

»Bis bald«, sage ich deshalb nur und lege auf.

Nach diesem Telefonat greife ich zu meinem noch fast vollen Whiskeyglas und leere es auf Ex. Es ist sinnlos, mich nach diesem Gespräch auf meine Arbeit konzentrieren zu wollen. Deshalb lasse ich die Akten bis morgen liegen und gehe zu Bett.

7

EVE

Da Carrie ohnehin schon denkt, ich würde viel zu viel arbeiten, zögere ich erst, ihr von meiner Dienstreise kurz vor Weihnachten zu erzählen. Aber wenn ich mit niemandem darüber rede, befürchte ich, noch zu platzen.

»Er zwingt mich doch tatsächlich dazu, ihn ein paar Tage vor Weihnachten nach Aspen zu begleiten. Als seine Freundin«, erkläre ich ihr schließlich, nachdem sie selbst das Thema Jared Cooper angesprochen hat.

Carrie sieht mich mit großen Augen an.

»Nein! Das ist nicht dein Ernst, oder?«

»Doch. Genau so ist es. In drei Tagen fliegen wir nach Aspen, um einen Deal abzuschließen. Als Freund und Freundin. Zumindest, wenn es um den Hotelbesitzer geht. Ich kann nur hoffen, früh genug zu den Feiertagen bei meinen Eltern zu sein. Sonst kann ich mir was anhören. Sie sind sowieso nicht sonderlich glücklich darüber, dass ihre einzige Tochter jeden Tag Überstunden schiebt und sich kaum sehen lässt.«

Als meine beste Freundin nicht in meine Schimpftirade einsteigt, sehe ich sie fragend an. Auf ihrem Gesicht bildet sich nicht wie sonst, wenn es um meine Arbeit geht, eine tiefe Sorgenfalte. Nein, sie wirkt, als müsse sie ein Grinsen unterdrücken. Ich greife zu meinem Glühwein, um mir ein wenig Zeit zu verschaffen, ihren Blick richtig einordnen zu können, da beginnt sie doch zu sprechen. Ihr Schmunzeln ist jetzt deutlich zu sehen.

»An deiner Stelle würde ich mir weniger Gedanken über deine Eltern machen. Du warst doch ab dem ersten Tag in der Firma in deinen Boss verschossen. Jetzt kannst du sehen, wie es ist, mit Jared Cooper eine Beziehung zu haben. Vielleicht hilft dir das, endgültig über ihn hinweg zu kommen.«

Ihre Worte erwischen mich derart unerwartet, dass ich fast den Schluck, den ich gerade genommen habe, wieder ausspucke und dabei meinen ganzen Drink verschütte.

»Was? Denkst du, ich habe vergessen, wie du in den ersten Monaten von ihm geschwärmt hast? Du hattest doch schon Herzchen in den Augen, wenn du nur an ihn gedacht hast«, lacht Carrie über meine Reaktion.

»Das ist lange her. Mittlerweile weiß ich sehr gut, wie ungeeignet Jared Cooper für eine Beziehung ist«, winke ich ab. Doch Carries Blick nach zu urteilen, kauft sie mir die Sache nicht ab.

»Komm schon, Eve. Du kannst mir nicht erzählen, dass er dich vollkommen kalt lässt. Sogar ich bekomme ein feuchtes Höschen, wenn ich ihn sehe. Der Mann ist heiß. Es ist nichts dabei, das zuzugeben.«

Verwundert sehe ich sie an. Bisher hat sie sich noch nie positiv über meinen Boss geäußert. Ich hätte nicht gedacht, dass sie sein attraktives Äußeres bemerkt hat. Auch, wenn man wirklich Tomaten auf den Augen haben muss, um es nicht wahrzunehmen.

»Also gut«, räuspere ich mich. »Er ist heiß. Na und? Er ist auch ein absoluter Workaholic. Seit ich für ihn arbeite, hat er sich keine zwei Tage freigenommen. Wenn ich morgens ins Büro komme, ist er bereits da. Und wenn ich gehe, bleibt er noch. Dabei weiß ich schon nicht, wie ich meine Überstunden jemals ausgleichen kann. Ich müsste schon ein paar Monate Urlaub nehmen. Ganz zu schweigen davon, wie arrogant dieser Mistkerl ist. Hast du schon einmal bemerkt, wie ...« Ich stocke, als ich Carries wissendes Grinsen nicht mehr länger ignorieren kann. »Was?«

»Du stehst auf ihn. Das sehe ich dir an der Nasenspitze an. All diese rationalen Gründe, die gegen ihn sprechen, redest du dir ein, um irgendwie deinen Arbeitstag überstehen zu können. Aber zu mir kannst du ruhig ehrlich sein.«

Langsam aber sicher werde ich sauer.

Ich. Stehe. Nicht. Auf. Jared Cooper.

Zumindest nicht mehr. Anfangs war ich tatsächlich total in ihn verknallt. Aber nach und nach habe ich ihn besser kennengelernt. Er ist arrogant und hat diese emotionslose Einstellung dem Leben gegenüber, mit der ich einfach nicht umgehen kann. Als seine Assistentin ist das kein Problem für mich. Aber eine Beziehung mit diesem Mann stelle ich mir fürchterlich vor. Man muss sich doch nur ansehen, wie er sich gerade in dieser Jahreszeit verhält. Ich kenne keinen anderen Menschen, der dem Weihnachtsfest derart gleichgültig gegenübersteht. Das ist doch nicht normal.

Ich erkläre Carrie meine Gedanken, wonach sie mir endlich zu glauben scheint. Nicht einmal sie, die Männer gerne zur Nachspeise verzehrt, kann annehmen, dass ich mit einem solchen Mann glücklich werden würde.

»Also gut. Da du nicht in deinen Boss verliebt bist«, stellt sie fest und betont dabei das Wort 'Nicht', »würde ich dir raten, die Reise einfach als kleinen Urlaub zu sehen, den du seit Jahren nicht mehr hattest. Wer hat schon die Chance, in eines der besten Hotels von Aspen zu fahren? Vollkommen kostenlos! Ich habe schon von dem Resort gehört. Es soll ein Traum sein.«

»Nur, dass ich zum Arbeiten dort sein werde«, werfe ich ein.

»Ach was.« Carrie macht eine wegwerfende Handbewegung. »Ihr wurdet als Paar eingeladen, um euch, neben der Arbeit, schöne Tage zu machen. Die werden euch bestimmt viel Freiraum geben, damit ihr die Anlage kennenlernt. Hör auf meinen Rat und mach das beste draus, Eve.«

Wir spaßen noch ein bisschen herum, und überlegen gemeinsam, welches der zahlreichen Wellnessangebote ich in dem Resort unbedingt ausprobieren muss. Dabei trinken wir vielleicht auch den ein oder anderen Glühwein zu viel. Aber am Ende des Abends hat sich an meiner Meinung trotzdem nichts geändert. Auch wenn ich in einer Suite mit meinem Boss schlafen muss, so wird es mir doch nicht schwerfallen, die Finger von ihm zu lassen. Ganz davon abgesehen, dass er noch nie Interesse an mir gezeigt hat. Bestimmt werden mir die Tage, die ich derart eng mit Jared Cooper verbringe, zeigen, wie recht ich habe. Er ist kein Mann für eine Beziehung. Und ich bin kein klitzekleines Stückchen mehr in ihn verliebt.

8

JARED

Als Eve und ich gemeinsam im Flieger nach Aspen sitzen, greife ich nicht wie sonst zu meinem Laptop, um zu arbeiten. Es gibt noch etwas Wichtiges, das wir klären sollten, bevor wir bei Adam Hartman aufkreuzen.

»Ich denke, es wäre gut, wenn wir über einige Details unsere vorgetäuschte Beziehung betreffend reden. Nicht, dass wir uns verraten, nur weil wir uns vorab nicht abgesprochen haben«, wende ich mich an Eve.

»Darüber habe ich auch schon nachgedacht. Wir sollten es ganz einfach halten, und nahe an der Wahrheit bleiben. Ich bin Ihre Assistentin und daher wollen wir unsere Beziehung noch nicht öffentlich machen. Wir sind erst seit ein paar Monaten zusammen - sagen wir fünf. Durch die kurze gemeinsame Zeit kommen wir nicht in die Verlegenheit, bereits jedes private Detail des anderen kennen zu müssen. Und Mr. Hartman wird verstehen, dass er niemandem von uns erzählen soll. So verbreitet sich unsere kleine Lüge wenigstens nicht wie ein Lauffeuer. Was halten Sie davon?«

Zwar versuche ich, mir nichts anmerken zu lassen, aber ich bin ehrlich beeindruckt. Ich hatte nicht erwartet, dass Eve sich bereits eine komplette, und noch dazu richtig gute Geschichte über uns ausgedacht hat. Klar, sie ist eine hervorragende Assistentin, die auch mal Eigeninitiative ergreift und mitdenkt. Aber so detailorientiert hatte ich sie dann doch nicht eingeschätzt. Vor allem, da es hier um etwas geht, von dem sie ganz offensichtlich nicht viel hält. Immerhin hat sie sich erst geweigert, dieses Schauspiel überhaupt mit mir durchzuziehen.

»Das ist eine wirklich gute Idee. Einen kleinen Feinschliff gäbe es da aber noch«, sage ich und sehe sie lächelnd an. »Wir sollten langsam dazu übergehen, uns mit Du anzusprechen. Sonst hilft uns auch die beste Geschichte nichts.«

Ich reiche ihr meine Hand, die sie zögerlich ergreift.

»Hi, ich bin Jared«, spaße ich und kann mir dabei ein Schmunzeln nicht verkneifen.

Zögerlich erwidert sie den Händedruck, ein

kleines Lächeln umspielt ihre geschwungenen Lippen.

»Hi, mein Name ist Eve.«

Kichernd wie zwei kleine Schulmädchen sehen wir uns verschwörerisch an, ehe sich unsere Hände wieder voneinander lösen.

»Also gut, Eve. Gibt es irgendetwas, das ich unbedingt über dich wissen sollte? Ich meine, damit wir nicht auffliegen?«

Nachdenklich runzelt meine Assistentin und Scheinfreundin die Stirn, ehe sie zu sprechen beginnt.

»Meine Lieblingsblumen sind Tulpen. Ich mag die Farbe Violett, kann Rosa aber nicht ausstehen. Wenn ich mich für ein Haustier entscheiden müsste, würde ich eine Katze wählen, da ich keine Lust habe, bei jedem Wind und Wetter mit einem Hund rauszugehen. Ich habe keine Geschwister, aber dafür eine umso engere Beziehung zu meinen Eltern. Sie heißen übrigens Paula und Christopher. Oh, und ich reagiere allergisch auf Erdbeeren.«

»Erdbeeren? Wie kann man denn keine Erdbeeren vertragen?«, frage ich sie erstaunt, da ich davon noch nie gehört habe. Auf fast jedem Empfang, zu dem ich gehe, werden Erdbeeren gereicht. Ob zum Champagner, oder mit Schokolade überzogen. Jetzt, wo ich darüber nachdenke, ist es wohl die beliebteste Frucht auf derartigen Events.

»Ich habe mir meine Allergie nicht ausgesucht, aber wenn es dir lieber ist, dass ich lauter rote Punkte im Gesicht bekomme und anschwelle, esse ich gerne welche mit dir«, antwortet Eve schnippisch.

»Sorry, ich wollte nicht unhöflich sein. Ich habe nur wirklich noch nie davon gehört«, entschuldige ich mich bei ihr für meine forsche Art.

»Schon gut.« Sie seufzt und zuckt mit den Schultern. »Kaum jemand versteht das. Die meisten lieben Erdbeeren. Ich werde immer ganz entsetzt angesehen, wenn ich eine angeboten bekomme und es wage, zu verweigern.«

»Na ja, das wird dir mit mir nun nicht mehr passieren. Es wäre doch zu schade, wenn dein hübsches Gesicht vor lauter Tupfen nicht mehr zu erkennen ist«, versuche ich, meine Aussage von vorhin wieder gutzumachen, was mir von Eve aber nur einen seltsamen Blick einbringt.

»Und bei dir?«, fragt sie mich nach einigen Momenten des Schweigens.

Fragend sehe ich sie an.

»Gibt es irgendetwas, das ich über dich wissen sollte?«

Eve sieht mich fragend an. Für einen Moment überlege ich, ob ich ihr von dem schwierigen Verhältnis mit meinen Eltern erzählen sollte, entscheide mich dann aber dagegen. Das tut für unseren Ausflug nichts zur Sache und wird auch bestimmt nicht zum Gesprächsthema werden.

»Ich bin ein Workaholic, aber das weißt du bereits. Meinen Kaffee trinke ich schwarz, da du meine Assistentin bist und ihn mir jeden Tag servierst, ist dir auch das bereits bekannt. Ich befürchte, ich bin ein offenes Buch. Mir fällt nichts ein, das wichtig wäre, du aber noch nicht über mich weißt.«

Da ist er wieder, dieser seltsame Blick von vorhin, den ich nicht deuten kann.

»Nun, dann sind wir wohl bestens gerüstet für die Tage in Aspen«, sagt Eve in einem Tonfall, der heiter wirken soll. Aber aus irgendeinem Grund kaufe ich ihr das nicht ab. Doch anstatt sie darauf anzusprechen, lasse ich es gut sein. Wer weiß, in welche Richtung dieses Gespräch führen würde.

Stattdessen wende ich mich nun doch meinem Laptop zu, um noch ein paar Details abzuklären, bevor wir auf Mr. Hartman treffen. Eve holt ein Buch aus ihrer Tasche hervor und liest neben mir, während ich mich so gar nicht auf die Arbeit konzentrieren kann.

Für gewöhnlich führe ich keine privaten Gespräche mit meinen Mitarbeitern. Nicht einmal mit meiner Assistentin, die mich noch am besten von allen kennt. Ich sage ihr, was sie zu tun hat, und sie führt diese Befehle aus. Zum ersten Mal frage ich mich, ob ich Eve als zu selbstverständlich genommen habe. Natürlich war mir schon vor dieser Unterhaltung bewusst, dass ich ein Glück mit ihr habe. Sie denkt mit und bringt sich auch gerne einmal ein. Ich hätte keine bessere Assistentin finden können. Jetzt scheint mir aber, dass sie noch viel mehr drauf hat, als ich bisher dachte.

Außerdem ist es erfrischend einfach, sich mit ihr zu unterhalten. Und amüsant. Sie hat Köpfchen und traut sich auch, ihre Meinung zu sagen. Unauffällig mustere ich ihr Profil. Mir ist bisher gar nicht aufgefallen, wie sanft ihre Gesichtszüge sind. Diese schokoladebraunen Augen und dichten, langen Wimpern wirken richtig verführerisch. Aber auf eine zurückhaltende Art. Eve ist keine Frau, deren Reize auf den ersten Blick ersichtlich sind. Dabei meine ich nicht, dass sie unattraktiv wäre. Ganz im Gegenteil. Sie ist auf natürliche Weise schön, könnte aber noch mehr aus ihrem Typ machen, wenn sie sich nicht unter diesen biederen, hochgeschlossenen Kostümen verstecken würde.

Da fällt mir ein, dass es in dem Hotel auch einen Spa-Bereich gibt. Vielleicht komme ich noch in den Genuss, zu sehen, was sich unter den Klamotten versteckt. Erschrocken über meine eigenen Gedanken, schüttle ich leicht den Kopf. Ich muss mich selbst daran erinnern, dass sie meine Assistentin ist. Und sonst nichts weiter. Eine Anzeige wegen sexueller Belästigung würde mir gerade noch fehlen. Ich kann froh sein, dass Eve nichts Derartiges unternommen hat, nachdem ich sie gebeten habe, meine Freundin zu spielen. Auch wenn ich es mir nicht habe anmerken lassen, als ich sie über ihre neue Aufgabe informiert habe, war ich lange nicht so selbstsicher, wie ich oft vorgebe zu sein. Aber bis jetzt ist es immerhin gut gegangen. Bleiben nur noch wenige Tage, die ich mich zusammenreißen muss. Das wird ein Kinderspiel.

9

EVE

Manhattan hat schon einiges zu bieten, wenn es um weihnachtliche Dekoration geht. Aber hier sind wir direkt im Weihnachtswunderland gelandet. Gespannt sehe ich aus dem Fenster der Limousine, die uns vom Flughafen direkt in das Resort der Harper Group bringt, und bewundere die Schönheit dieses Ortes. Schon das Eingangstor ist mit Lichterketten und Girlanden geschmückt. Ein strahlender Weihnachtsmann winkt uns entgegen. Der Eindruck der Begrüßung zieht sich im Zentrum des Resorts fort. Überall wurden winterliche und weihnachtliche Figuren angebracht. Die diversen Lichter werden bestimmt eine beeindruckende Stimmung vermitteln, sobald es dunkel geworden ist. Sogar die zahlreichen Gästehütten und natürlich auch das Haupthaus sind prunkvoll geschmückt, ohne dabei überladen zu wirken. Der Schnee, der die wundervolle Winterlandschaft bedeckt, tut sein Übriges, um dem Ort eine magische Atmosphäre zu verleihen.

»Traumhaft«, stoße ich begeistert aus, obwohl ich es gar nicht laut sagen wollte.

Von Jared vernehme ich als Reaktion nur ein leises Brummen. Aber es war anzunehmen, dass mein Boss sich nicht nur wegen irgendeiner Dekoration plötzlich zum Weihnachtsliebhaber entwickeln wird.

Als die Limousine vor dem Haupthaus anhält, und ich endlich aussteigen kann, vernehme ich auch noch den Duft nach Tannenzapfen, Nelken und Orangen, der wohl von dem riesigen, geschmückten Weihnachtsbaum ausgeht.

Anders als ich es erwartet hätte, nimmt Jared unserem Fahrer das Gepäck aus der Hand und geleitet mich direkt zur Rezeption. Ich kann ein bewunderndes Stöhnen gerade noch unterdrücken, als ich auch im Inneren des Gebäudes die weihnachtliche Dekoration erblicke. Es ist einfach ein Traum. Aber ich möchte meinen Boss nicht schon bei unserer Ankunft vergrämen, indem ich ihn auf all die Kleinigkeiten hinweise. Für den Moment begnüge ich mich damit, hier sein zu dürfen. Auch wenn ich immer noch hoffe, rechtzeitig vor Weihnachten wieder zurück in New York sein zu können.

»Mr. Cooper, herzlich willkommen in unserem

Resort. Hatten Sie eine gute Anreise?«, fragt die Mitarbeiterin mit einem Lächeln im Gesicht.

»Ja, danke. Ist unser Zimmer schon fertig?«, erkundigt sich Jared, ohne die Freundlichkeit der Dame zu erwidern. Dabei ist er nicht unhöflich oder so. Ich denke, er würde einfach am liebsten sofort zum Geschäft kommen und diesen weihnachtlichen Ort so schnell wie möglich wieder verlassen. Aber ich kann mich natürlich auch irren.

»Es tut mir sehr leid, Mr. Cooper. Ihre Suite wird gerade noch gereinigt. Wie wäre es, wenn Sie sich inzwischen bei einem Begrüßungsgetränk an der Bar von der Reise erholen? Sie können natürlich auch gerne unsere Anlage erkunden. Es gibt einiges zu sehen.«

Unschlüssig sieht Jared mich an. Obwohl ich kein Wort gesagt habe, dürfte er erraten haben, für welche Option ich mich entscheiden würde. Mit einem tiefen Seufzer teilt er der Mitarbeiterin mit, dass wir uns in der Zwischenzeit mit der Gegend vertraut machen werden.

»Sehr gerne, Mr. Cooper. Ihr Gepäck können Sie bei mir lassen. Ein Page wird es in Ihre Suite bringen, sobald sie fertig ist.«

»Also gut. Was willst du zuerst sehen?«, fragt Jared mich resigniert, nachdem er der Dame unsere Koffer übergeben hat.

Mit einem freudigen Grinsen im Gesicht zeige ich zur rechten Seite und ziehe meinen Boss auch schon mit mir mit. In der Lobby wurde ein wunderschöner Bereich zum Entspannen errichtet. Neben einem großen Weihnachtsbaum prasselt Feuer in einem alten Kamin. Davor stehen ein paar Lehnstühle, in denen man es sich richtig gemütlich machen kann. Die Bar ist nicht weit entfernt und ich bin überzeugt davon, dass es sich hier mit einem guten Buch und einer Tasse heißer Schokolade sehr gut aushalten lässt.

Als ich meinen Blick von dem leuchtenden Baum reißen kann, und mich Jared zuwende, sehe ich Abneigung in seinen Augen. Einmal mehr frage ich mich, was es damit auf sich hat. Im Büro konnte ich vielleicht noch verstehen, dass er zu Gunsten der Produktivität die Magie der Weihnacht außen vor lassen wollte. Aber hier? Irgendetwas stimmt doch da ganz gewaltig nicht.

»Was hast du eigentlich gegen Weihnachten? Oder liegt es nicht an dem Fest selbst, sondern nur daran, dass sich die Menschen anderen Dingen als ihrer Arbeit widmen?«, versuche ich mich in einem Scherz. Jareds Gesichtsausdruck nach zu urteilen ist der aber gewaltig nach hinten losgegangen.

Sein Blick wirkt noch verschlossener als ohnehin schon, die Augenbrauen hat er zu einem Stirnrunzeln zusammengezogen. Wobei er eher wütend aussieht, als nachdenklich. Da habe ich wohl einen Nerv getroffen.

»Wenn es nach mir ginge, könnten wir diese Zeit

des Jahres einfach überspringen«, brummt er gerade so laut, dass ich ihn verstehen kann.

»Aber wieso denn? Die Menschen sind gut gelaunt, es gibt Plätzchen und die Stimmung ist doch irgendwie ... magisch. Meinst du nicht?«, versuche ich, ihn doch noch zu überzeugen. Aber keine Chance.

»Von wegen. Was ist denn magisch daran, wenn Erwachsene so tun, als gäbe es plötzlich keine Unstimmigkeiten oder Probleme mehr, nur weil zufällig Weihnachten ist? Diese ganze Zeit ist einfach nur heuchlerisch. Alle tun so, als würden sie in einer heilen Welt leben. Sie müssen unbedingt ihre Familie sehen, mit der man sich vielleicht das ganze Jahr über nicht einmal versteht. Meist endet es dann trotzdem im Streit. Auch wenn zufällig Weihnachten ist. Und wieso das alles? Nur weil wir uns einreden, dass wir das Fest der Liebe und Familie genau so feiern müssen.«

Mein Grinsen verschwindet bei seiner harschen Ansprache. Jared Cooper muss ganz schön verbittert sein, wenn er wirklich so über diese Zeit denkt. Oder er hat schlechte Erfahrungen gemacht. Vielleicht mit seiner Familie? Da er genau diesen Punkt aufgegriffen hat, gehe ich davon aus, dass er sich nicht sonderlich gut mit ihnen versteht. Weshalb auch immer. Dabei ist gerade Weihnachten der perfekte Anlass, um sich auszusprechen und wieder zueinanderzufinden.

»Siehst du deine Familie nicht an den Feiertagen?«, wage ich einen Vorstoß, bereue meine Worte aber sofort, als ich Jareds Reaktion mitbekomme.

»Das geht dich gar nichts an«, harscht er mich wütend an.

Ich hebe abwehrend meine Hände in die Höhe.

»Schon gut, schon gut. Das war nur eine Frage. Von mir aus kannst du auch weiterhin den Miesepeter spielen«, sage ich in einem sanften Tonfall und um ein versöhnliches Lächeln bemüht.

»Mr. Cooper, schön, Sie endlich persönlich kennenzulernen«, werden wir von einer dunklen Männerstimme unterbrochen.

Erschrocken sieht mein Boss auf. Es steht ihm deutlich ins Gesicht geschrieben, dass es ihm lieber gewesen wäre, wenn kein Dritter von unserer kleinen Auseinandersetzung Zeuge geworden wäre.

»Mr. Hartman, es freut mich ebenfalls. Vielen Dank für die Einladung. Ihr Hotel ist beeindruckend. Wir haben gerade darüber diskutiert, was wir als Erstes erkunden wollen«, erwidert er nach einer kurzen Schrecksekunde, während der er sich wieder so weit gefangen zu haben scheint, dass ihm von seiner vorherigen Wut nichts mehr anzusehen ist. Er ist wieder ganz der charmante Geschäftsmann. Und hat unsere Diskussion auch noch dafür genutzt, dem Besitzer ein Kompliment zu machen. Ich bin beeindruckt.

»Ich kann Sie gerne herumführen und Ihnen

alles zeigen«, meint Adam Hartman mit einem ebenso freundlichen Lächeln, wie es auch schon seine Angestellte an der Rezeption gezeigt hat. Anscheinend sind hier alle irgendwie gut gelaunt. Bis auf meinen Boss natürlich. »Aber zuerst würde ich Sie in Ihre Suite bringen. Sie ist eben fertig geworden. Bestimmt wollen Sie sich nach der langen Reise frisch machen.«

»Ja, das wäre tatsächlich angenehm«, sagt Jared, während er einen Arm um mich legt, und ich bemühe mich, nicht vor Schreck zusammenzuzucken. Dabei verursacht seine plötzliche Nähe eine Gänsehaut auf meinem Körper.

Adam Hartman führt uns zu einer der Hütten, die diesen Namen eigentlich nicht verdient haben. Es handelt sich eher um ein Luxushäuschen. Denn auch, wenn es nur aus einem Wohnbereich, einem Schlafzimmer, einem Bad, sowie einer kleinen Kochnische besteht, ist es doch mit allem ausgestattet, was man so braucht. Und das natürlich in bester Qualität. Von außen wirkt das Haus wie eine alte Holzhütte, während es innen modern und luxuriös eingerichtet ist. Wir haben sogar einen eigenen kleinen Außenbereich mit Sauna und Whirlpool.

Was es allerdings nicht gibt, ist eine zweite Schlafgelegenheit. Denn auch wenn der Wohnbereich mit einer Couch ausgestattet ist, ist diese doch zu klein, um darauf zu schlafen. Zumindest, wenn man über einen Meter dreißig groß ist. Und das sind wir leider beide. Obwohl das offen gestaltete Zimmer, in dem sich auch eine Kochnische und ein großer Esstisch befinden, großzügig geschnitten ist, hat die Hartman Group offensichtlich darauf verzichtet, den Paaren, die hier wohnen, eine Gelegenheit zu geben, getrennt zu schlafen. Das mag für echte Liebespaare auch unheimlich romantisch sein. Aber in unserem Fall ist das eher ... nun, störend. Die Nacht kann jedenfalls spannend werden.

»Ich werde Sie jetzt alleine lassen. Treffen wir uns in einer halben Stunde im Haupthaus?«, fragt Adam Hartman, woraufhin Jared und ich gleichzeitig nicken. Offenbar will er auch so wenig Zeit wie möglich mit mir hier alleine verbringen.

Nachdem der Hotelbesitzer weg ist, stehen wir etwas unschlüssig im Wohnbereich.

»Möchtest du zuerst ins Badezimmer?«, fragt Jared mich schließlich und ich stimme zu.

Einer von uns muss wohl den Anfang machen. Also schnappe ich mir meinen Koffer und verschwinde damit im angrenzenden Schlafzimmer, von wo aus man ins Bad kommt. Es ist mit einem großen Kleiderschrank und einem noch größeren Bett ausgestattet. Immerhin werden wir genug Platz haben, um nicht eng an eng beieinander schlafen zu müssen.

Mit allen notwendigen Utensilien bewaffnet, gehe ich erst einmal unter die Dusche, während ich darüber nachdenke, wie es wohl heute Abend werden wird, wenn es Zeit ist, zu Bett zu gehen. Natürlich habe ich Pyjamas eingepackt und muss immerhin nicht nackt neben meinem Boss schlafen. Aber trotzdem ist es ein merkwürdiges Gefühl.

Nachdem ich fertig bin, ziehe ich die Klamotten an, die ich wohlweislich bereits mit ins Bad genommen habe. Danach gehe ich in den Wohnbereich, wo Jared auf einem der gemütlichen Lehnstühle sitzt und in ein Prospekt des Hotels vertieft ist.

»Ich bin fertig. Du kannst jetzt gerne ins Bad«, teile ich ihm mit, wonach er in eben diesem verschwindet.

Okay, zugegeben, das war jetzt weniger unangenehm als erwartet. Aber es wäre auch lächerlich, eine große Sache daraus zu machen, dass wir ein gemeinsames Bad benutzen. Wir sind zwei erwachsene Menschen. Nur weil wir uns eine Suite teilen, heißt das noch lange nicht, dass es peinlich werden muss. Mit dem gemeinsamen Bett ist das eine andere Sache.

10

JARED

Adam Hartman hat hier in Aspen ein beeindruckendes Resort geschaffen. Auch wenn es mir persönlich im Moment etwas zu weihnachtlich dekoriert ist, kann ich doch der Natur und ihrer Schönheit einiges abgewinnen. Das Hotel bietet außerdem alles, was man für den perfekten Winterurlaub braucht. Und noch viel mehr. Es ist ein wahrer Luxustempel mit Wellnessbereichen, mehreren spezialisierten Restaurants und der Möglichkeit verschiedener Freizeitaktivitäten. Wobei natürlich die Skipiste am häufigsten in Anspruch genommen wird.

Eve saugt die Schönheit dieses Ortes mit einer kindlichen Freude in sich auf, die ich nur bewundern kann. Sofort kommen mir Gewissensbisse, da ich sie vorhin, als sie mir den Weihnachtsbaum gezeigt und mich nach meiner Familie gefragt hat, so harsch reagiert habe.

Als wir mit unserem Rundgang fertig sind und alleine beim Abendessen sitzen, da Mr. Hartman uns ein bisschen Privatsphäre gönnen wollte, bin ich derjenige, der das Thema wieder aufnimmt. Es ist meine Art, mich bei ihr zu entschuldigen.

»Ich verstehe mich nicht besonders gut mit meinen Eltern«, sage ich einfach so ins Blaue hinein, woraufhin Eve mich überrascht ansieht. »Du hast gefragt, weshalb ich Weihnachten nicht mag«, setze ich als Erklärung hinzu, und ihr Blick wird auf der Stelle sanfter.

»Das tut mir leid. Willst du mir erzählen, was passiert ist?«

Irgendwie schon. Es ist so einfach, mit Eve über solche Themen zu sprechen. Andererseits will ich unseren Abend nicht damit verderben und meine gute Laune behalten.

»Wusstest du, dass die Tomate sowohl Obst als auch Gemüse ist?«

Diese Frage überrascht mich derart, dass ich glaube, mich verhört zu haben. Verwirrt schüttle ich den Kopf.

»Je nachdem, wen du fragst, wirst du eine andere Antwort auf die Frage bekommen, wozu die Tomate gehört. Für Botaniker ist sie wegen ihrer Struktur, ihrem Aufbau und ihrer Funktion Obst. Laut kulinarischer Klassifikation ist sie Gemüse«, erklärt sie mir und steckt sich anschließend ein Stück ihres Abendessens, das übrigens mit Tomaten verfeinert wurde, in den Mund, als hätte sie gerade eine lustige Anekdote aus ihrem Leben erzählt.

Ich bin nicht auf den Kopf gefallen und weiß durchaus, was Eve damit bezwecken wollte. Auf eine verquere Art und Weise hat sie mir erspart, noch näher auf das Thema mit meinen Eltern einzugehen. Wofür ich ihr durchaus dankbar bin.

»Mir ist es egal, Hauptsache sie schmeckt«, steige ich mit einem Lächeln darauf ein. Für einen kurzen Moment, der ausreicht, um meine Bedenken über Bord zu werfen, sehen wir uns verschwörerisch an. »Also gut. Erzähl mir, weshalb du so vernarrt in Weihnachten bist«, fordere ich sie auf und erkenne sofort das Strahlen in ihren Augen.

»Es ist dieser Zauber, der zu dieser Zeit in der Luft liegt. Findest du es nicht auch beeindruckend, wie plötzlich alles zur Ruhe kommt?«

»Ich sehe eher hektische Massen, die verzweifelt nach Weihnachtsgeschenken suchen«, erwidere ich lachend.

»Das meine ich nicht«, wischt sie meine Bemerkung einfach weg. »Natürlich machen sich die meisten in der Vorweihnachtszeit einen riesigen Stress, weil sie alles perfekt haben wollen. Aber das liegt nur daran, weil sie um die Magie der Feiertage wissen. Sie wollen ihrer Familie ein unvergessliches Fest bieten. Dabei reicht es schon, einfach nur Zeit miteinander zu verbringen. Um die Geschenke unterm Baum geht es doch gar nicht.«

Mit hochgezogenen Augenbrauen sehe ich sie an. »Nicht? Ich dachte, das wäre der Sinn von Weihnachten? Endlich einmal tolle Sachen zu bekommen.«

Als ich ihren schockierten Gesichtsausdruck sehe, gelingt es mir nicht mehr, ernst zu bleiben. Ich lache laut auf, woraufhin auch Eve in mein Lachen mit einfällt.

»Natürlich bekommen Kinder große Augen, wenn sie die Päckchen unter dem Baum sehen. Aber im Grunde geht es einfach darum, Zeit mit den Menschen zu verbringen, die man liebt. Einmal alles andere stehen und liegen zu lassen und nur für sie da zu sein. Es ist die Zeit des Nachhausekommens. Denn selbst wenn man das ganze Jahr über weit weg und mit seiner Arbeit, seinem Alltag beschäftigt ist, so nimmt man zu dieser Zeit gerne die längste Reise in Kauf, um rechtzeitig daheim zu sein. Aber das ist nicht alles …«

»Ach nein?«, unterbreche ich sie mit einem amüsierten Unterton. Dabei beeindrucken mich ihre Worte mehr, als ich zugeben würde.

»Nein. Ist dir noch nie aufgefallen, dass die Menschen um Weihnachten herum viel freundlicher sind? Man achtet mehr auf seine Mitmenschen. Kommt aus seinem egoistischen Tunnelblick heraus. Ich weiß nicht genau, woran es liegt, aber die Leute sind mitfühlender. Es ist, als würden die Herzen immer mehr schmelzen, je kälter es draußen wird.«

»Sehr poetisch«, werfe ich ein.

»Ja, aber es stimmt. Die ganze Welt wird friedvoller. Außerdem ist es doch schön, an einen alten Mann zu glauben, der sich nachts durch deinen Kamin zwängt, um dir Geschenke unter den Baum zu legen. Ich meine, ganz ehrlich, der Kerl schuftet das ganze Jahr über, um Spielsachen herzustellen, die er dann innerhalb einer einzigen Nacht ausliefern muss. Das verdient Respekt.« Sie sagt das mit einem Schmunzeln im Gesicht, das mich zum Lachen bringt. Die vielleicht zu Beginn angespannte Atmosphäre ist nun vollkommen gelöst.

»Ich wette, ich würde dich auch noch dazu bringen, Gefallen an Weihnachten zu finden. Du müsstest nur ein wenig ... unvoreingenommener sein«, sagt Eve schließlich wieder ernst.

Keine Ahnung, was in mich gefahren ist, aber aus irgendeinem Grund ziehen mich ihre Augen so sehr in den Bann, dass ich nicht anders kann, als ihrem Vorschlag zuzustimmen.

»Also gut. Ich verspreche dir, für den Rest unserer Reise absolut unvoreingenommen zu sein. Du hast die Chance, mich davon zu überzeugen, dass Weihnachten doch etwas Tolles ist.«

Das schelmische Grinsen, das daraufhin auf ihrem Gesicht erscheint, lässt mich nichts Gutes ahnen. Worauf habe ich mich da bloß eingelassen? Aber ich versuche, mir nichts anmerken zu lassen, und verspeise genussvoll mein absolut köstliches Steak. Auch wenn Eve natürlich nicht den Schaden, den meine Eltern über Jahre hinweg angerichtet haben, innerhalb weniger Tage wieder richten kann, wird es doch bestimmt interessant, sie dabei zu beobachten, wie sie versucht, mich von dem Zauber der Weihnacht zu überzeugen. Immerhin waren ihre bisherigen Argumente schon recht gut. Obwohl ich ihre Ansicht, die Menschen wären in der Weihnachtszeit besonders zuvorkommend, nicht unbedingt teilen kann. Gefühlsduselig, vielleicht. Aber tatsächlich mitfühlend? Das bezweifle ich.

11

EVE

Obwohl ich davon ausgegangen bin, mich durchweg unwohl zu fühlen, solange ich die Freundin meines Chefs spielen muss, verlief das Abendessen doch recht entspannt. Um ehrlich zu sein, war es sogar amüsant, mich einmal nicht nur über berufliche Themen mit Jared Cooper zu unterhalten. Was mich allerdings am meisten beeindruckt hat, ist, dass er tatsächlich zugestimmt hat, Weihnachten gegenüber offener zu sein. Ich habe also die nächsten Tage Zeit, um aus einem Grinch zumindest einen Menschen zu machen, der nicht dauernd herummault, wenn alle um ihn herum im Weihnachtsfieber sind.

So ausgelassen das Abendessen aber auch verlaufen ist, merke ich doch, dass die Stimmung immer angespannter wird, je näher wir unserer

Hütte kommen. Vielleicht liegt es nur an mir, aber die Tatsache, mir ein Bett mit Jared Cooper teilen zu müssen, belastet mich doch. Nicht, weil er nicht attraktiv wäre. Habe ich Carrie noch vollmundig erklärt, ich wäre seinem Charme nicht mehr erlegen, hat sich das während des gemeinsamen Essens doch ein bisschen geändert. Ich weiß jetzt wieder, was ich damals an ihm gefunden habe.

Jared Cooper ist nicht nur ein ungewöhnlich attraktiver Mann. Er ist außerdem witzig - zumindest, wenn er will -, neugierig, weltoffen, kultiviert und hochintelligent. Ich bin mir sicher, hat er es erst auf eine Frau abgesehen, kann ihm keine so schnell widerstehen. Deshalb muss ich vorsichtig sein. Damit will ich nicht sagen, dass ein Mann wie er, es ausgerechnet darauf anlegt, mich zu verzaubern. Aber wenn ich nicht aufpasse, könnte ich mich erneut unglücklich in ihn verlieben. Und daher ist es nicht gerade förderlich, wenn wir eben in diesem einen Bett nebeneinander schlafen müssen.

Als wir in der Hütte ankommen, weiß ich nicht recht, wie ich mich verhalten soll. Auch mein Boss dürfte mir die Nervosität ansehen, als ich unschlüssig auf das große Bett starre.

»Habe ich schon gesagt, dass es mir leidtut? Ich wusste nicht, dass unsere Unterkunft keine zweite Schlafmöglichkeit zu bieten hat. In einem derart luxuriösen Hotel hätte ich anderes erwartet. Aber anscheinend steht die Romantik hier im Vordergrund. Gut für die anderen Gäste, schlecht für uns. Ich hätte dir das gerne erspart. Aber ich denke, wir sind erwachsen. Wir können wohl im gleichen Bett schlafen, ohne dass es irgendwie unangenehm wird. Oder? Der Firma zuliebe?«

Jared hat ja recht. Ich habe mich darauf eingelassen, seine Freundin zu spielen, also muss ich jetzt auch mit den Konsequenzen leben. Wir haben diese Hütte mit nur einem Schlafzimmer bekommen, und ich sehe keine Möglichkeit, mir ein anderes Zimmer zu nehmen, ohne dass der ganze Schwindel auffliegt. Also muss ich da wohl durch. Was kann auch schon großartig passieren? Außer ein paar schlaflosen Nächten, weil ein heißer Typ neben mir liegt, den ich nicht anfassen darf, und der keinerlei Interesse daran hat, mich anzufassen, meine ich.

»Klar. Kein Problem«, sage ich deshalb um einen unbeschwerten Tonfall bemüht.

»Sehr gut. Dann hätten wir das geklärt. Du kannst gerne zuerst ins Bad, um dich fertig zu machen.«

Ich schnappe mir meinen Pyjama, damit ich nicht halbnackt zurück ins Schlafzimmer kommen muss. Nachdem ich die Tür hinter mir geschlossen habe, atme ich ein paar Mal tief durch und versuche, mir Mut zuzureden. Solange ich alleine unter der Dusche bin, funktioniert das auch recht gut.

Aber als ich alles erledigt habe, und das Schlafzimmer betrete, ist die ganze Aufregung mit einem Schlag wieder da. Dabei entschuldigt sich Jared gleich nach mit ins Bad.

Hektisch schnappe ich mir Kissen und drapiere sie in der Mitte des Bettes, um zumindest den Anschein einer Barriere zwischen uns aufzubauen. Darüber, ob das auf meinen Boss lächerlich wirken mag, mache ich mir keine großen Gedanken. Ich habe eher meinen eigenen Schlaf im Sinn. Den ich nämlich ganz bestimmt nicht bekomme, wenn ich weiß, dass mich nur wenige Zentimeter von seinem heißen Körper trennen.

Wie heiß dieser Körper tatsächlich ist, sehe ich keine fünf Minuten später, als Jared nur in eine Pyjamahose gekleidet zurück ins Schlafzimmer kommt. Tropfen aus seinem noch feuchten Haar verteilen sich auf seinem trainierten Oberkörper und lassen mich hart schlucken. Sollte er sich bei dem Anblick der zahlreichen Kissen zwischen unseren Bettseiten irgendetwas denken, so sagt er zumindest nichts.

»Wenn du noch lesen möchtest, kannst du das gerne tun. Ich habe einen recht tiefen Schlaf. Licht stört mich nicht«, erklärt er mir, während er es sich auf seiner Seite des Bettes gemütlich macht.

»Schon gut. Wir haben einen anstrengenden Tag hinter uns. Ich bin ziemlich erledigt und werde sicher gleich einschlafen«, gebe ich zurück und wundere mich darüber, wie fest meine Stimme bei dieser Lüge klingt.

Von wegen gleich einschlafen. Ich kann froh sein, wenn ich überhaupt ein Auge zubekomme. Tatsächlich dauert es eine kleine Ewigkeit, bis ich endlich in einen unruhigen Schlaf falle.

12

JARED

»Guten Morgen! Hast du gut geschlafen?«, begrüße ich Eve, als sie am nächsten Morgen aus dem Schlafzimmer kommt.

Ich bin gerade dabei Kaffee aufzusetzen, da ich selbst erst vor einer halben Stunde aufgestanden bin. Ohne meine Assistentin zu wecken, habe ich das Bad benutzt und mich danach leise rausgeschlichen, um sie nicht zu wecken. So tief und fest wie Eve da noch geschlafen hat, hätte ich nicht gedacht, sie so schnell hier zu sehen.

»Guten Morgen! Ja, danke«, antwortet sie. Doch das Gähnen, das sie gleich drauf von ich gibt, spricht eine andere Sprache.

»Willst du auch eine Tasse Kaffee?«, beschließe ich, diese Widersprüchlichkeit unkommentiert zu lassen.

»Oh, ja. Gerne.«

»Ich habe mir gedacht, wir könnten heute Skifahren gehen. Was hältst du davon?«, frage ich sie, nachdem ich uns beiden eingeschenkt habe.

Eve sieht mich aus großen Augen an. Sie wirkt fast ein wenig ängstlich, wie sie rasch nach ihrer Tasse gereift und einen großen Schluck von dem heißen Getränk nimmt.

»Ich ...«, beginnt sie, und da kapiere ich endlich.

»Du warst noch nie Skifahren, richtig?«

Sie nickt schüchtern, setzt dann aber doch noch zu einer Erklärung an.

»Meine Eltern sind nicht gerade die begeisterten Wintersportler. Wir haben die Weihnachtsferien immer daheim verbracht. Dafür ging es im Sommer jedes Jahr ans Meer.« Eve schenkt mir einen entschuldigenden Gesichtsausdruck.

»Kein Problem. Wenn du willst, zeige ich es dir«, biete ich ihr an. Als ich allerdings die Angst erneut in ihren Augen aufblitzen sehe, beeile ich mich, zu sagen: »Oder wir nutzen den Wellnessbereich des Hotels. Das ist bestimmt auch ganz nett. Und weniger kalt.« Ich untermale meine Aussage mit einem Lächeln, damit sie erkennt, wie ernst es mir ist.

Natürlich wäre ich gerne auf die Piste gegangen. Ich kann aber auch verstehen, wenn man sich damit nicht wohlfühlt. Eve ist mir hier eine große Hilfe. Sie hat sich bereit erklärt, meine Freundin zu spielen. Was ganz und gar nicht selbstverständlich ist. Da kann ich nicht auch noch von ihr verlangen, Skifahren zu gehen, wenn sie Angst davor hat.

»Ich würde mich freuen, wenn du es mir beibringen könntest. Aber es ist auch echt okay, wenn du alleine fahren willst. Ich meine, ich halte dich doch nur auf …«

»Ach, papperlapapp. Außerdem müssen wir nach wie vor den Schein wahren. Es kommt sicher nicht so gut an, wenn ich meine Freundin alleine im Hotel zurücklasse, während ich mich auf der Piste amüsiere.« Nachdem ich die Worte ausgesprochen habe, wird mir erst bewusst, wie falsch sie sich anfühlen.

Ich möchte die Zeit nicht mit Eve verbringen, um irgendwem etwas vorzuspielen. Es würde mich tatsächlich freuen, ihr zu zeigen, wie man Ski fährt. Obwohl ich so empfinde, verbessere ich mich nicht und lege stattdessen ein unnatürliches Lächeln auf.

»Also gut. Dann gehen wir Skifahren«, beschließt meine Assistentin in einem Tonfall, der wohl locker klingen soll. Doch ich komme nicht umhin, noch etwas anderes in ihrer Stimme zu bemerken. Enttäuschung? Ich weiß es nicht. Vielleicht habe ich es mir auch nur eingebildet. Wer bin ich auch, zu denken, Eve würde sich ebenfalls darüber freuen, Zeit mit mir zu verbringen? Ihrem Boss, der sie zu dieser Reise förmlich gezwungen hat.

Schweigend trinken wir unseren Kaffee aus, um uns danach auf den Weg zum Skiverleih zu machen. Zum Glück gibt es dort auch passende Klamotten für Eve. Ich habe vorausschauend meine Eigenen eingepackt. Aber da meine Assistentin noch nie Skifahren war, hat sie logischerweise auch keine passende Ausstattung dabei.

Nachdem wir alles ausgesucht haben, was wir brauchen, verlassen wir den Laden, der sich direkt neben dem Skilift befindet. Entschlossen marschiert Eve darauf zu.

»Warte mal«, halte ich sie mit einem Schmunzeln zurück.

»Aber wir wollten doch ...«, erwidert sie verwirrt und zeigt mit einer Hand in Richtung des Lifts.

»Das ist ganz schön hoch. Du stehst heute zum ersten Mal auf Skiern. Meinst du nicht, wir sollten mit einem etwas kleineren Hügel anfangen, damit ich dir die Grundlagen zeigen kann?«

Ich wollte Eve nicht in Verlegenheit bringen, doch ich sehe genau, wie ihr die Röte ins Gesicht schießt. Dabei sieht sie so süß aus, dass ich sie am liebsten in die Arme nehmen würde. Doch natürlich halte ich mich zurück.

»Schauen wir erst einmal, dass du dich an die Skier gewöhnst, danach können wir immer noch da rauf«, sage ich und deute mit dem Kopf vage in Richtung Lift.

Eve nickt und sieht sich dabei unbeholfen um.

»Dort drüben«, helfe ich ihr und zeige auf einen kleinen Hügel, auf dem bereits einige Eltern mit ihren Kindern üben.

Erst als ich ein paar Schritte auf die Anfängerpiste zugemacht habe, bemerke ich, dass Eve mir nicht folgt.

»Kommst du?«, fordere ich sie auf, doch sie zögert weiterhin. »Alles okay? Sollen wir doch lieber in den Wellnessbereich gehen?«

Zaghaft schüttelt sie den Kopf. »Nein. Aber …« Sie seufzt laut auf. »Ich kann doch nicht auf den Kinderhügel gehen. Dabei mache ich mich vollkommen lächerlich.«

Es ist bestimmt nicht die einfühlsamste Reaktion auf ihre Aussage, aber ich kann nicht anders und lache laut auf. Wie nicht anders zu erwarten, handle ich mir damit einen bösen Blick von meiner Assistentin ein. Doch auch das beendet mein Lachen nicht.

»Siehst du. Sogar du machst dich schon lustig über mich«, begehrt sie auf.

Ich hebe abwehrend die Hände in die Höhe. »Hey, ich mache mich nicht lustig über dich.« Leider werden meine Worte von einem Grinsen begleitet, das ich einfach nicht abschalten kann. Eve wirkt einfach viel zu niedlich, wie sie sich dafür geniert, nicht Skifahren zu können.

»Wirklich«, sage ich, jetzt schon etwas ernster. »Außerdem ist das kein Kinderhügel, sonder ein

Anfängerhügel. Auch Erwachsene können ihn nutzen. Sollen sie sogar, wenn sie noch länger Spaß an dem Sport haben und keinen Unfall bauen wollen. Sieh mal, Eve, du wirst heute zum ersten Mal auf Skiern stehen. Außer, du entscheidest dich dagegen und wir gehen in den Wellnessbereich. Das wäre vollkommen okay für mich. Aber wenn ich dir das Fahren beibringen soll, dann müssen wir auf diesem Hügel anfangen. Ich kann dich nicht sofort auf den Berg lassen. Das wäre viel zu gefährlich.«

»Also gut«, sagt sie und sieht dabei wenig begeistert aus.

Ich halte ihr die Hand hin, damit sie mir diesmal auch wirklich folgt. Sie ergreift sie und wir machen uns gemeinsam auf den Weg.

Eve lernt recht schnell und so können wir gegen Mittag bereit eine erste blaue Piste abfahren. Als wir wieder unten angekommen sind, meldet sich mein Magen zu Wort.

»Wie wär's mit einem kleinen Mittagessen drüben im Bistro? Und vielleicht einer heißen Schokolade zum Aufwärmen?«

»Das wäre grandios«, stimmt Eve meinem Vorschlag zu.

Sie muss noch hungriger sein als ich. Immerhin hat sie den ganzen Vormittag über Bewegung gemacht, die sie nicht gewohnt ist. Ich weiß zwar nicht, wie fit meine Assistentin ist und, ob sie in ihrer Freizeit sonderlich aktiv ist, aber eine neue

Sportart zu lernen, ist immer eine gewisse Herausforderung. Außerdem haben wir das Frühstück ausfallen lassen, was sich selbst bei mir schon deutlich bemerkbar macht.

Das gemeinsame Essen ist erfrischend. Ähnlich dem Abendessen am Vortag. Noch immer wundere ich mich darüber, dass die Gespräche mit Eve hier so einfach sind. Dabei hatten wir bisher immer nur über Berufliches gesprochen. Klar, wir haben uns schließlich auch nur im Büro gesehen. Aber diese gemeinsame Zeit gibt mir bereits jetzt neue Kraft. Ich fühle mich inspiriert. Was wirklich gut ist. Immerhin sind wir hier, um einen neuen Cocktail extra für das Hotel zu kreieren. Und am Ende unseres Ausfluges muss das Konzept stehen.

»Ich bin, ehrlich gesagt, etwas müde. Ist es in Ordnung, wenn ich mich für ein, zwei Stunden in unsere Hütte zurückziehe? So kommst du wenigstens noch dazu, eine anspruchsvollere Piste zu fahren. Außer, du willst dich ebenfalls hinlegen?«, fügt sie fragend hinzu.

»Nein, schon okay. Geh du nur ins Bett. Ich würde wirklich gerne noch ein bisschen fahren.«

Also bringen wir die geborgten Klamotten und Ski zurück. Danach verabschiedet sie sich von mir und ich fahre mit dem Sessellift auf den Berg.

Dabei muss ich an früher denken. Als ich mit meinen Eltern und meiner Schwester in Gegenden wie dieser im Urlaub war. Noch nie war ich gut genug für sie. Egal, was ich tat, wie sehr ich mich auch bemühte, ich konnte es Mum und Dad nie recht machen. Obwohl ich behaupten würde, heute ein recht guter Skifahrer zu sein, habe ich ihrer Meinung nach zu lange gebraucht, um endlich eine gefährlichere Piste fahren zu können. Zwar habe ich an einer Eliteuniversität studiert und meinen Abschluss mit Auszeichnung bestanden, doch trotzdem war ich ihnen zu unentschlossen, was meine Berufswahl anging. Auch heute, nachdem ich mir ein durchaus sehr erfolgreiches Unternehmen aufgebaut habe, sind sie noch nicht stolz auf mich. Sollte ich in der Vergangenheit, als kleines Kind, irgendetwas falsch gemacht haben, so habe ich keine Ahnung, was es sein könnte.

Als der Lift oben angekommen ist, steige ich aus und versuche, die Gedanken an meine Eltern abzuschütteln, bevor ich in einer rasenden Geschwindigkeit den Berg hinunterfahre.

13

EVE

Ich habe die halbe Nacht kein Auge zugemacht. Und trotzdem kann ich nach diesem Skiausflug nicht einfach ins Bett gehen und schlafen. Deshalb beschließe ich, Carrie anzurufen und mich ein bisschen abzulenken.

»Wie war die erste Nacht mit Mr. Unwiderstehlich?«, fragt sie mich, gleich nachdem sie abgehoben hat.

So viel zu meiner glorreichen Idee, mich durch ein Gespräch mit ihr von all den Ereignissen ablenken zu lassen. Da ich meine beste Freundin kenne und weiß, dass ich ohne eine ausführliche Berichterstattung nicht davonkommen werde, füge ich mich meinem Schicksal und komme gleich zum Punkt.

»Wir haben im selben Bett geschlafen. Aber bevor du dich zu früh freust: Ich habe eine Kissenbarriere zwischen uns aufgebaut, damit wir nicht Gefahr laufen, uns zu nahe zu kommen.«

»Bist du wahnsinnig?«, kommt es postwendend durch die Leitung. »Da hast du ihn endlich dort, wo du ihn immer haben wolltest, und nutzt deine Chance nicht? Das musst du mir näher erklären, Eve. Versteckt er unter seinen maßgeschneiderten Anzügen irgendeine abschreckende Fehlbildung? Stinken seine Füße, wenn er die Schuhe auszieht? Oder hat einen Minischwanz?«

»Nichts dergleichen, Carrie.«

»Du hast seinen Schwanz also gesehen?«, fragt sie mich und ich höre ihr das frivole Grinsen an der Stimme an.

»Nein. Das habe ich nicht. Ich denke, dass auch dort alles normal ist. Aber darum geht es gar nicht, Carrie. Er ist mein Boss. Ich liebe meinen Job und werde ihn nicht für eine heiße Nacht aufs Spiel setzen.«

»Ach was. Wer sagt denn, dass du gleich deine Arbeit verlierst, nur weil du dich ein wenig mit deinem Chef amüsierst? Vielleicht springt dabei sogar eine Gehaltserhöhung für dich raus. Zumindest, wenn du dich gut anstellst.« Ihr Tonfall ist noch immer anzüglich.

»Er wird mir nicht mehr zahlen, nur weil ich mit ihm ins Bett gehe. Wofür hältst du mich überhaupt?«

»Okay, okay. Schon gut. Es tut mir leid. Ich

verstehe aber trotzdem nicht, weshalb du die Zeit in Aspen nicht einfach genießt und dich ein bisschen fallen lässt. Boss hin oder her. Er gefällt dir doch. Und wer weiß, vielleicht wird auch mehr aus der Sache und ich darf schon bald Mrs. Cooper zu dir sagen.«

Dieser Gedanke lässt mich dann doch laut auflachen.

»Ja, von wegen. Solange ich Jared kenne, habe ich nie mitbekommen, dass er eine Freundin hatte. Er ist mit seiner Arbeit verheiratet.«

»Und doch ist er ein Mann mit gewissen Bedürfnissen«, wirft sie ein und hat damit sicher nicht ganz unrecht.

Ich kann mir auch nicht vorstellen, dass Jared Cooper in all den Jahren enthaltsam gelebt hat. Aber sicher hatte er keine Beziehung. Zumindest keine, die von Bedeutung gewesen wäre. Es hat nie eine Frau im Büro angerufen. In seinem Terminkalender standen keine privaten Dates zum Lunch, oder dergleichen. Wenn er das Büro mittags verlassen hat, dann nur, um einen Geschäftstermin wahrzunehmen. Ich bin seine Assistentin. Von einer Frau in seinem Leben hätte ich gewusst.

»Das mag sein. Die wird er allerdings mit einer anderen ausleben müssen.«

»Und weshalb genau?«

»Das habe ich doch schon gesagt. Er ist mein Boss.«

»Dein Boss, auf den du stehst, seit du zum ersten Mal das Firmengebäude betreten hast.«

Da hat sie nicht ganz unrecht. Obwohl ich in der Zwischenzeit dachte, Jared Cooper wäre kein Mann für eine Beziehung, alleine schon wegen seiner negativen Einstellung Weihnachten und allem familiären gegenüber, haben mich die letzten Tage doch eines Besseren belehrt. Und trotzdem.

Ich will gerade dazu ansetzen, meine üblichen Gründe, die gegen ein Techtelmechtel mit meinem Boss sprechen, aufzuzählen, als mir mein Handy einen weiteren eingehenden Anruf signalisiert. Ein Blick auf das Display zeigt mir, dass es die Nummer meiner Eltern ist.

»Carrie, ich muss jetzt aufhören. Meine Mum ruft mich an. Ich melde mich wieder.«

»Okay, aber hör auf meinen Rat. Entferne die Kissen zwischen euch. Bis bald!«

»Bis bald«, erwidere ich, ohne noch einmal auf ihre Bemerkung einzugehen.

Danach wechsle ich zur anderen Leitung.

»Hi Mum. Wie gehts euch?«

»Danke, gut. Ich wollte mich nur erkundigen, wann du zu uns kommen wirst.«

Ich hole tief Luft, bevor ich die Bombe platzen lasse.

»Mum, ich bin gerade auf Geschäftsreise in Aspen. Aber mein Boss hat mir versichert, dass wir rechtzeitig zu den Feiertagen zurück in New York sein werden. Ich werde also spätestens am Tag von Heiligabend bei euch sein«, verspreche ich.

Obwohl ich mir ziemlich sicher bin, dass mein Boss Worthalten und wir vor Weihnachten zurück sein werden, habe ich doch noch immer ein leicht ungutes Gefühl in der Magengegend, wenn ich an die bevorstehenden Feiertage denke. Jared hat beim Skifahren erwähnt, dass er bereits Ideen für den CI-Cocktail hat. Dadurch liegen wir absolut im vereinbarten Zeitrahmen. Aber was, wenn doch noch irgendetwas dazwischen kommt? Und sei es nur, dass Mr. Hartman mit seiner Auswahl nicht zufrieden ist und eine Überarbeitung wünscht.

»Okay«, erwidert meine Mutter und zieht das Wort dabei zögernd in die Länge.

»Mum, versprochen. Du weißt, wie wichtig mir Weihnachten im Kreise der Familie ist. Um nichts in der Welt will ich das verpassen.«

»Also gut, Schätzchen. Wir freuen uns schon auf dich. Mach dir wegen uns aber keinen Stress. Wenn es länger dauert, dann ist das eben so. Wir können ebenso gut ein paar Tage danach zusammen essen und die Geschenke auspacken.«

»Das wird nicht nötig sein. Ich bin rechtzeitig bei euch«, versichere ich ihr noch einmal, bevor wir uns verabschieden.

Gerade als ich aufgelegt habe, kommt Jared bei der Tür herein. Er sieht angespannt aus. Irgendetwas muss passiert sein, seit ich die Skipiste verlassen habe. Besorgt erhebe ich mich aus dem Lehnstuhl, in dem ich es mir gemütlich gemacht habe, und gehe auf ihn zu.

14

JARED

»Ist irgendwas passiert?«

Eve ist von dem Lehnstuhl aufgestanden, in dem sie gegessen hat, als ich die Hütte betreten habe, und kommt gerade auf mich zu. Ihr Blick wirkt besorgt, was mir nur noch deutlicher macht, wie sehr mir meine derzeitige Stimmung anzusehen ist.

Natürlich konnte mich die Abfahrt von der Piste nicht mehr von den Gedanken rund um meine Kindheit und meine Eltern ablenken. Im Gegenteil. Ich habe mich nur noch weiter reingesteigert. Die Schuld dafür gebe ich dieser unerträglichen Weihnachtsstimmung, die hier überall herrscht. Wenigstens bin ich hier im Resort nicht mehr den Kindern ausgesetzt, die in einem durch Weihnachtslieder vor sich hin trällern. Aber die Erwachsenen sind eben auch nicht viel besser. Und überhaupt. Ist es wirklich notwendig in jedem noch so kleinen Eck Girlanden, Kugeln und Mistelzweige aufzuhängen?

»Alles in Ordnung. Ich dachte, du würdest schlafen«, gebe ich brummend von mir. Ohne eine Antwort von Eve abzuwarten, rede ich weiter. »Da dem nicht so ist, werde ich erst einmal unter die Dusche gehen.«

Mein ruppiges Verhalten tut mir leid. Doch im Moment bin ich einfach nicht imstande, rücksichtsvoll zu sein und auf die Fragen, die Eve bestimmt auf der Zunge liegen, einzugehen. Schlimm genug, dass wir heute Abend gemeinsam zu dieser Kinovorstellung gehen und wieder das verliebte Pärchen spielen müssen. Ich habe zwar nichts dagegen, schöne Stunden mit Eve zu verbringen. Auch stört es mich nicht, dass hier alle denken, wir hätten eine Beziehung. Sie ist eine tolle und wunderschöne Frau. Aber die Erinnerungen an meine Kindheit haben mich derart aufgewühlt, dass meine Energie nicht mehr ausreicht, um mich auch noch hier im Privaten zu verstellen.

Unter der Dusche bereue ich dann doch ganz schön, wie ich Eve angeschnauzt habe. Sie kann schließlich nichts dafür. Es ist nicht ihre Schuld, dass ich mich, nachdem sie weg war, in Kindheitserinnerungen hineingesteigert habe. Was völlig sinnlos ist. Denn erstens sind diese Dinge bereits lange vergangen. Und zweitens ändert es nichts, wenn ich mich darüber aufrege. Auch wenn mir meine Eltern nach wie vor ein Rätsel sind.

Als ich also zurück in den Wohnraum komme, frisch geduscht und bereits für den Abend angezogen, gehe ich auf Eve zu, die es sich wieder in einem der Lehnstühle bequem gemacht hat.

»Es tut mir leid«, sage ich und ernte einen fragenden Blick, der mich dazu bringt, mich weiter zu erklären. »Das mit vorhin. Nachdem du zurück in die Hütte gegangen bist, musste ich an die vielen Male denken, als ich mit meinen Eltern im Winterurlaub Skifahren war.«

Ich setze mich Eve gegenüber. Das wird ein schwieriges Gespräch. Aber wenn wir diese Zeit hier gut miteinander überstehen wollen, sollte ich ihr wohl davon erzählen. Okay, vielleicht habe ich auch einfach das Bedürfnis mich dieser Frau zu öffnen. Woher auch immer das plötzlich kommen mag.

»Was ist passiert? Zwischen dir und deinen Eltern?«

»Im Grunde ist gar nichts passiert. Es gab kein bestimmtes Ereignis, das dazu geführt hat, dass wir uns nicht mehr verstehen. Unser Verhältnis war schon immer angespannt. Mum und Dad haben stets Höchstleistungen von mir verlangt. Dabei war es egal, ob ich ihre Erwartungen erfüllt habe, oder nicht, ich habe nie bemerkt, dass sie stolz auf mich gewesen wären. Das war schon so, als ich noch ein

Kind war. Aber als ich schließlich meinen Abschluss hatte und meine Firma gegründet habe, wurde es immer schlimmer. Mein Job war nicht gut genug für sie. Egal was ich getan habe, ich schien sie immer zu enttäuschen.«

»Das tut mir leid für dich. Und deine Schwester? Ich hatte den Eindruck, das Verhältnis zu ihr ist recht gut. Zumindest ruft sie öfter mal im Büro an.«

»Das stimmt. Sarah und ich verstehen uns gut. Leider habe ich nicht so viel Kontakt zu ihr, wie ich es gerne hätte. Aber sie wohnt noch zuhause.«

»Kontakt zu ihr, bedeutet Kontakt zu deinen Eltern«, stellt Eve richtig fest und ich nicke.

»Denkst du, es würde etwas ändern, wenn du dich mit deinen Eltern aussprichst? Wenn du ihnen sagst, wie du dich fühlst?«

Zerknirscht schüttle ich den Kopf.

»Das kann ich mir nicht vorstellen.«

»Hast du es denn schon einmal versucht?«

»Nein«, gebe ich offen zu.

Eve kennt meine Eltern nicht. Was zwischen uns ist, kann man nicht mit einem einfachen Gespräch aus dem Weg räumen. Abgesehen davon, dass man überhaupt nicht normal mit Mum und Dad reden kann. Meist endet es in einem Streit, wenn ich meine Meinung äußere. Das war schon immer so.

»Wie sind deine Eltern so?«, frage ich, um von mir abzulenken.

»Wie es aussieht, sind sie das genaue Gegenteil

von deinen.« Ein entschuldigender Blick begleitet ihre Worte, aber ich winke ab, sodass sie weiterspricht. »Sie sind wundervoll. Immer für mich da, egal, ob ihnen meine Lebensentscheidungen gefallen oder nicht. Wobei ich ehrlich sagen muss, dass ich bisher immer alles mit ihnen abgesprochen habe. Sie haben schließlich mehr Lebenserfahrung als ich. Außerdem vertraue ich ihrem Urteil. Sie waren nie übermäßig streng, sondern haben mir so viel Liebe geschenkt, dass ich einfach nicht anders konnte als brav zu sein, weil ich sie nicht enttäuschen wollte.« Ein leises Lachen entfährt ihr bei dem Gedanken an ihre offensichtlich schöne und behütete Kindheit. »Und sie sind unglaublich stolz auf mich und das, was ich bis jetzt erreicht habe. Ich weiß, ich führe keine eigene Firma. Ich bin eine einfache Assistentin. Aber trotzdem geben sie mir das Gefühl, als wäre das eine Glanzleistung. Es tut mir leid. Ich will dich nicht in Verlegenheit bringen«, beendet sie schließlich ihre Ausführungen, weil sie wohl meinen nachdenklichen Blick bemerkt hat.

Dabei bin ich nicht traurig, nur weil ihre Eltern liebevoller sind als meine. Im Gegenteil. Ich freue mich für sie. Eine solche Familie zu haben, muss wirklich schön sein. Kein Wunder, dass ihr die Weihnachtszeit und die Familienfeiern, die nun einmal dazu gehören, so viel bedeuten.

»Wir werden rechtzeitig zurück sein, damit du

Weihnachten mit deinen Eltern verbringen kannst«, platzt es aus mir heraus, weil es mir in diesem Moment einfach ein Bedürfnis ist, ihr das zu sagen. Obwohl ich mich mit Eve sehr wohlfühle und froh bin, dass sie mich begleitet hat, sehe ich jetzt doch, wie egoistisch diese Bitte von mir war.

Eve sagt nichts, sondern nickt einfach nur. Sie erhebt ihren Blick und steht plötzlich hastig auf.

»Der Film beginnt in einer halben Stunde. Ich muss mich noch umziehen«, sagt sie und eilt auch schon ins Schlafzimmer.

Das gibt mir Zeit, über unser Gespräch nachzudenken, und ich frage mich, wie es wohl wäre, eine Familie wie die von Eve zu haben. Eine, die Fürsorge und Liebe gleichermaßen zeigt. Eine, die stolz auf das ist, was ich tue. Anstatt so zu tun, als wäre es ihr vor ihren Freunden im Country Club peinlich. Dabei gehört eben jener Klub zu meinen größten Kunden. Aber meine Gedanken kreisen nicht nur um meine Eltern und das Verhältnis zu ihnen. Meine Assistentin hat mich, seit wir hier sind, sehr beeindruckt. Ich muss zugeben, dass ich beginne, sie in einem ganz neuen Licht zu sehen. In einem Licht, das mir zum Verhängnis werden kann. Wobei es natürlich noch viele Themen gibt, bei denen wir so gar nicht auf einer Wellenlänge sind. Aber irgendwie ist es genau das, was den Reiz ausmacht.

15

EVE

Als wir den Saal betreten, indem die Filmaufführung stattfinden soll, erblicke ich Adam Hartman in einer der ersten Reihen. Unauffällig deute ich Jared, der ihn wohl noch nicht entdeckt hat.

»Bereit zu schauspielern?«, fragt er mich und legt, ohne meine Antwort abzuwarten, einen Arm um mich.

Er steuert direkt auf eine bequem wirkende Couch zu. Vermutlich, weil es der perfekte Platz ist, um das verliebte Paar zu geben. Doch als wir uns hingesetzt haben, merke ich doch, wie eng wir hier beieinander sitzen müssen. Unsere Oberschenkel und Arme berühren sich. Für einen kurzen Moment verkrampft sich mein ganzer Körper, bis ich mich eines Besseren belehre. So fliegen wir ganz bestimmt auf. Also entspanne ich mich wieder und tue so, als wäre es das Normalste der Welt derart eng an meinen Boss geschmiegt einen Film zu sehen. Ich muss mich nur bemühen, die aufsteigende Hitze und die Elektrizität, die durch meinen Körper fließt, zur Ruhe zu bringen. Dann ist es bestimmt gar nicht so schlimm.

Doch als der Film endlich beginnt, ist mir klar, dass ich mir nur etwas vormache. Jared Cooper ist heiß. Und so dicht neben ihm zu sitzen, bringt mich derart in Wallung, dass ich mich kaum noch beherrschen kann. Wäre er nicht mein Boss und ich mir nicht ziemlich sicher, dass er keinerlei Interesse an mir hat, würde ich einen Vorstoß wagen. Aber so nestle ich an meinen Finger herum, um sie davon abzuhalten auf Wanderschaft zu gehen.

»Jetzt sehe ich mir sogar schon Weihnachtsfilme an«, flüstert Jared mir nach einer Weile ins Ohr. Das tiefe Timbre seiner Stimme und sein Atem, der dabei meinen Nacken berührt, lösen eine Gänsehaut bei mir aus.

»Wer weiß, vielleicht erkennst du dabei den Zauber von Weihnachten«, erwidere ich und merke selbst, wie belegt meine Stimme plötzlich klingt. Doch Jared dürfte nichts davon bemerken.

»Das glaube ich dann doch eher weniger«, lacht er leise, bevor er sich wieder dem Film widmet.

Die restliche Vorstellung verläuft ohne weitere

Zwischenfälle, wobei ich am Ende nicht sagen kann, welchen Film wir eigentlich gesehen haben. Wir wollen gerade aufstehen, als Mr. Hartman sich mit einem Mikrofon vor die Leinwand stellt.

»Liebe Gäste, ich habe eine Mitteilung zu machen. Für morgen ist ein Schneesturm angesagt. Wir gehen nicht davon aus, dass Ihr Aufenthalt in irgendeiner Form davon betroffen sein wird. Aber zur Sicherheit haben wir Proviant in alle Unterkünfte bringen lassen, damit Sie sich im Fall der Fälle selbst versorgen können. Wie gesagt, wir rechnen nicht damit, dass es tatsächlich notwendig sein wird, aber wir sorgen lieber vor. In diesem Sinne wünsche ich Ihnen noch einen schönen und gemütlichen Abend.«

Entgeistert sehe ich Jared an.

»Denkst du, unsere Abreise ist gefährdet?«, frage ich ihn aufgeregt, doch er winkt ab.

»Bestimmt nicht. Sie müssen vorsorgen und uns informieren. Alles andere wäre fahrlässig. Wäre es tatsächlich möglich, dass Flüge verschoben werden müssen, hätten sie uns das gesagt.«

Ein bisschen beruhigter erhebe ich mich von der Couch. Auf einmal steht Mr. Hartman vor uns und lächelt uns an.

»Mr. Cooper, Ms. Anderson. Ich wollte gerade an die Bar im Haupthaus auf einen Drink gehen und würde mich freuen, wenn Sie mich noch begleiten.«

Nach einem kurzen Blick auf mich, um zu sehen, was ich davon halte, nimmt Jared die Einladung dankend an. Zum Glück ist die Bar durch einen Gang mit dem Kinosaal verbunden, sodass wir nicht ins Freie müssen. Draußen hat es nämlich begonnen zu schneien. Zu meiner Erleichterung sieht es allerdings ganz und gar nicht nach einem Schneesturm aus.

»Wie hat Ihnen Ihr Aufenthalt bisher gefallen?«, fragt Mr. Hartman, nachdem wir an der Bar Platz genommen haben.

»Sehr gut. Wir waren heute schon früh Skifahren. Wobei mir auch bereits die ersten Ideen für ihren Cocktail gekommen sind.«

»Ach, tatsächlich?«, fragt der Hotelbesitzer erfreut.

»Ja. Ich denke, es wird Ihnen gefallen.«

»Aber Sie wollen mir noch nichts Näheres erzählen?«

»Richtig. Schließlich soll Sie unsere Präsentation angemessen beeindrucken.«

Die beiden Männer lachen. Sie scheinen sich gut zu verstehen. So wie es aussieht, dürfte dieses Geschäft doch recht leicht abzuschließen sein. Jared wirkt ziemlich überzeugt von sich und seinen Ideen und Adam Hartman macht auf mich den Eindruck, als wäre er ein angenehmer Geschäftspartner.

»Wo ist eigentlich Ihre Frau? Sagten Sie nicht,

Sie wäre ebenfalls hier?«, erkundigt sich Jared irgendwann im Laufe des Gesprächs.

»Allerdings. Oh, da wir gerade über sie sprechen …«, sagt er und deutet in Richtung der Rezeption, die man von hier aus sehen kann. Eine bildhübsche, elegante Frau kommt auf uns zu.

»Da bist du ja«, begrüßt Mr. Hartman sie mit einem Kuss.

»Es tut mir leid. Eigentlich wollte ich schon bei der Filmvorstellung dabei sein, aber ich musste noch etwas wegen der Läden klären«, entschuldigt sie sich an uns gewandt, während sie uns nacheinander die Hand reicht.

»Darf ich vorstellen: Meine Frau, Demi Hartman.«

»Es freut mich, Sie kennenzulernen«, begrüßt Jared sie höflich.

»Können wir bitte alle per Du sein? Ich finde so förmliche Anreden zwischen Menschen, die in etwa im gleichen Alter sind, immer irgendwie eigenartig«, lacht sie und ist mir daraufhin gleich noch sympathischer. Sie wirkt sehr bodenständig. Trotz des Vermögens, das sie gemeinsam mit ihrem Mann besitzt.

Jared wirft Adam Hartman einen fragenden Blick zu, der sofort fröhlich lächelt und ihm die Hand reicht.

»Daran hätte ich, ehrlich gesagt, auch schon

denken können. Ich lade euch hier zu einem Urlaub ein und bin trotzdem steif wie mein Vater.«

Also stellen wir uns der Reihe nach alle mit unseren Vornamen vor, obwohl wir sie natürlich bereits kennen und sprechen uns ab sofort per Du an, was auch mir wesentlich angenehmer ist. Natürlich bin ich es von Geschäftstreffen gewohnt, per Sie zu sein. Aber hier in diesem Ambiente wirkte es tatsächlich irgendwie aufgesetzt.

»Jared hat bereits Ideen für unseren Drink«, klärt Adam seine Frau auf, die darüber ebenso begeistert zu sein scheint wie ihr Mann.

»Ich bin schon sehr gespannt, ihn bald kosten zu dürfen«, sagt sie mit einem Lächeln.

Jared, der noch immer seinen Arm um mich gelegt hat, fängt an, mit den Fingerspitzen kleine Kreise auf meiner Schulter zu zeichnen. Wahrscheinlich ist es ihm selbst gar nicht bewusst und nur ein entspannter Reflex. Aber ich kann mich ab diesem Zeitpunkt einfach nicht mehr auf das Gespräch konzentrieren.

Demi dürfte das ebenfalls mitbekommen. Es dauert nicht allzu lange, bis sie Adam ein Zeichen gibt und die beiden sich zurückziehen.

»Wir wollen das verliebte Paar schließlich nicht zu lange in Beschlag nehmen«, sagt sie mit einem Zwinkern in meine Richtung, bevor sie gehen.

»Willst du zurück in die Hütte? Du warst mittags schon so müde«, schlägt Jared vor und ich willige ein. Hauptsache, ich muss ihm nicht mehr so nahe sein. Doch dann fällt mir das Schlafzimmer ein, in dem sich nur ein Doppelbett befindet und mein Unterleib zieht sich zusammen. Aus einer plötzlichen Eingebung heraus, treffe ich die Entscheidung, die Kissen zwischen uns in dieser Nacht nicht abzubauen, wie Carrie es mir empfohlen hat. Das wäre einfach zu gefährlich.

16

EVE

Die zweite Nacht in Aspen habe ich wesentlich besser geschlafen. Ich wache richtig erholt und gut gelaunt auf. Ein Blick auf die andere Bettseite zeigt mir, dass Jared noch schläft. Deshalb versuche ich, ganz leise zu sein, als ich die Bettdecke zurückschlage und aufstehe. Ein eisiges Frösteln überkommt mich, als ich die Füße auf den Holzboden setze. Ich werfe einen Blick aus dem Fenster und glaube, meinen Augen nicht zu trauen. Alles ist weiß. Schnell schlüpfe ich in meine Hausschuhe und laufe ins Wohnzimmer. Doch dort zeigt sich mir das gleiche Bild. Wir sind komplett zugeschneit. Der Schnee liegt bestimmt einen Meter hoch und reicht sogar bis zu den Fenstern. Ich öffne die Türe unserer Hütte, weil ich es immer noch nicht glauben kann, und finde mich vor einer weißen, kalten Wand wieder.

»Ach du Schreck«, murmle ich vor mich hin und beeile mich, die Türe wieder zu schließen.

Ein Glück, dass alle Hütten gestern noch mit Proviant und Holz für den Kamin ausgestattet wurden. Trotzdem hoffe ich, dass sich dieses Wetter bald beruhigt. Immerhin ist in wenigen Tagen Weihnachten. Auf keinen Fall möchte ich hier eingeschneit sein.

In diesem Moment kommt mir ein anderer Gedanke. Wir sind gerade eingeschneit. Das heißt, wir können die Hütte nicht verlassen. Das bedeutet, ich bin hier mit Jared eingesperrt. Zwar ist unsere Unterkunft nicht gerade klein. Aber doch ist sie für romantische Urlaube zu zweit ausgestattet. Nicht für einen Mann und eine Frau, die außer einer Geschäftsbeziehung nichts verbindet. Zugegeben, die Gespräche gestern mit Jared hatten nichts mit unserem Beruf zu tun. Wir scheinen uns recht gut zu verstehen. Trotzdem ist er mein Boss. Mein verflucht attraktiver Boss.

Um nicht weiter darüber nachzudenken, was dieser Schneesturm für unsere Zeit hier bedeuten könnte, gehe ich in die Küche und bereite unser Frühstück vor. Adam Hartman oder vielmehr seine Angestellten haben an alles gedacht. Ich brate uns Eier mit Speck, schneide ein paar Scheiben Brot ab, die ich mit Butter beschmiere, und lege auch Croissants in einen Korb, den ich auf den Esstisch stelle. Nachdem ich den Orangensaft auf den Tisch gestellt habe und gerade dabei bin den Kaffee einzuschenken, kommt Jared in den Wohnraum.

»Guten Morgen! Wie es aussieht, hat sich Adam wohl geirrt und der Schneesturm hat uns doch erwischt.«

»Guten Morgen! Ja, wir sind eingeschneit. Wenn du sehen willst, wie hoch der Schnee schon steht, musst du nur die Tür öffnen. Heute werden wir wohl in der Hütte bleiben müssen.«

Jareds Kopf schnellt zum Fenster hinüber, wo er ebenfalls sehen kann, dass der Schnee gut einen Meter hoch liegt.

»Tatsächlich. Und kalt ist es hier. Ich mache schnell Feuer, ja?«

»Ja, das wäre toll. Danke!«

Nachdem das Feuer im Kamin knistert und sich der Wohnraum langsam erwärmt, nehmen wir am Esstisch Platz, um unser Frühstück zu genießen. Wobei, ich genieße es, während Jared in sein Handy starrt.

»Entschuldige bitte. Ich habe mir nur den Wetterbericht durchgelesen. Es soll die nächsten zwei Tage schneien. Die Flughäfen sind gesperrt und man soll die Straßen meiden. Letzteres wird wohl einfach sein, wenn man nicht einmal das Haus verlassen kann.«

Ehe ich etwas erwidern kann, läutet das Telefon, das zu unserer Unterkunft gehört. Jared steht auf, um abzuheben.

»Hallo?«

Ich lausche der Seite des Gesprächs, die ich höre und beobachte Jareds Gesichtsausdruck, um feststellen zu können, was derjenige am anderen Ende der Leitung zu sagen hat. Er wirkt nicht gerade glücklich.

»Okay ... Ja ... Ja, das wäre nett ... Danke ... Bis dann.«

Fragend sehe ich meinen Boss an, als er wieder zurück zum Tisch kommt.

»Das war Adam. Er schickt uns jemanden vorbei, der noch mehr Vorräte bringt und zumindest unsere Tür freischaufelt. Wie es aussieht, sitzen wir hier erst einmal fest.«

Da ich die Schneemengen gesehen habe, habe ich mir so etwas schon gedacht. Jetzt aber die Gewissheit zu haben, ist doch noch einmal etwas anderes. Ich schlucke hart, bevor ich meinem Boss antworte.

»Okay ... Na ja ... So haben wir wenigstens genug Zeit, um uns eine perfekte Präsentation zu überlegen«, sage ich, optimistischer als ich mich fühle.

»Richtig«, erwidert Jared. Doch ich sehe, wie sich auch in seinem Kopf die Rädchen drehen.

Hier eingeschlossen zu sein, dürfte für uns beide nicht einfach werden. Und auch wenn wir tatsächlich an der Präsentation arbeiten können, so wollten wir uns eigentlich im Resort aufhalten, um die

Stimmung und Atmosphäre einfangen zu können, die sich in dem Drink, den wir kreieren wollen, widerspiegeln soll. Wir können nur hoffen, dass Adam Hartman unseren Aufenthalt hier nicht mit dem Argument verlängern will, dass wir unmöglich etwas für sein Hotel entwerfen können, ohne es ausgiebig getestet zu haben. Wobei Jared ihm sogar angeboten hatte, zu uns nach New York zu kommen. So wie ich das verstanden habe, war die Einladung hierher nur eine Großzügigkeit von Adam und keine Bedingung für das Geschäft. Aber was weiß ich schon? Ich hätte auch nie damit gerechnet, dass ich mich für einen Geschäftsabschluss als Freundin des Chefs ausgeben muss.

In einvernehmlichem Schweigen essen wir unser Frühstück auf, jeder seinen eigenen Gedanken nachhängend. Jareds drehen sich vermutlich eher ums Geschäft, während ich mich frage, wie ich es auf so engem Raum mit meinem Boss aushalten soll, ohne doch noch über ihn herzufallen.

17

EVE

Bereits kurz nach dem Frühstück wirkt Jared, als würde er sich langweilen. Zumindest ist er unruhig und läuft im Wohnraum umher. Er hat bereits jeden Schrank und jede Lade geöffnet. Vielleicht ist er auf der Suche nach einer Beschäftigungsmöglichkeit. Aber es gibt weder Gesellschaftsspiele noch einen versteckten Fernseher.

»Ich werfe mal einen Blick auf die Terrasse. Soweit ich mich erinnern kann, ist die überdacht. Wenn wir Glück haben, können wir in den Whirlpool gehen«, erklärt er plötzlich.

Unsere Terrasse ist nur vom Schlafzimmer aus begehbar, weshalb ich daran noch gar nicht gedacht habe. Sofern das Wasser im Pool dauerhaft warm gehalten wird, könnte das tatsächlich eine Ausweichmöglichkeit sein. Und eine gute Alternative zum tatenlosen Herumsitzen in der Hütte. Kurzerhand beschließe ich, Jared einfach zu folgen. Als ich auf die Terrasse trete, hält mein Boss gerade eine Hand in das Wasser.

»Und? Ist es warm?«, frage ich hoffnungsvoll, obwohl ich den Dampf aus dem Wasser aufsteigen sehe.

»Wir sollten es eine Zeit lang aushalten können«, grinst Jared glücklich und auch ich atme erleichtert aus.

Zwar ist es für mein Vorhaben, mich von meinem Boss fernzuhalten, nicht gerade förderlich auf noch engerem Raum, noch dazu halbnackt, neben ihm zu sein, aber immerhin müssen wir nicht nur stumm im Wohnzimmer sitzen.

»Ich lasse dir den Vortritt im Badezimmer, um dich umzuziehen«, bietet Jared mir an, was ich dankend annehme.

Außerdem hole ich noch zwei Bademäntel aus dem Schrank, in die wir uns einpacken können, sobald wir das warme Wasser verlassen. Eine Erkältung so kurz vor Weihnachten brauche ich nämlich wirklich nicht auch noch. Als ich zurückkomme, sitzt Jared bereits im Pool.

»Ist es angenehm?«, frage ich und bin schon dabei einzusteigen.

»Eine wahre Wohltat. Ich frage mich gerade, weshalb wir das nicht schon eher ausprobiert haben.«

»Vielleicht, weil wir beruflich hier sind und nicht, um uns zu amüsieren?«, antworte ich mit einem Schmunzeln im Gesicht.

»Vielleicht. Aber immerhin glauben alle, wir hätten eine Beziehung. Und welches Paar würde sich diese Gelegenheit schon entgehen lassen? Ein privater Whirlpool auf der uneinsehbaren Terrasse …«

Ich schlucke hart, mein Puls beschleunigt sich. Jared sieht mir direkt in die Augen. Seine Worte liegen schwer in der Luft. Die Atmosphäre ist aufgeladen.

»Das können wir nicht ungenutzt lassen …«, kommt es aus meinem Mund, bevor ich über die Tragweite meiner Reaktion nachdenken konnte.

Ach herrje, ich flirte mit meinem Boss. In einem Whirlpool. Mit nichts als einem Bikini am Leib.

»Ganz recht. Und ich kann mir keine bessere Begleitung dafür vorstellen.«

Heißt das etwa, er hat Interesse an mir? Oder will er sich nur die Langeweile mit mir vertreiben und sobald wir zurück in New York sind, schießt er mich ab und ich bin meinen Job los? Ich muss vorsichtig sein.

»Ich mir auch nicht«, sage ich und sehe mir selbst dabei zu, wie ich in mein Unglück renne.

Jared rutscht ein Stück näher an mich heran und ich befürchte, er kann mein Herz pochen hören. Mein Blick wandert über sein makelloses

Gesicht und an seinem trainierten Oberkörper entlang. Wenn er mich jetzt küsst, kann ich für nichts garantieren.

Doch bevor es dazu kommt, hören wir ein Klingen, das aus dem Schlafzimmer zu uns dringt.

»Mist, das ist mein Handy. Sorry, aber da muss ich rangehen«, entschuldigt sich Jared und steigt neben mir aus dem Whirlpool.

Ich bleibe noch im Wasser, um ihm bei seinem Telefonat etwas Privatsphäre zu lassen. Davon haben wir in dieser Hütte ohnehin viel zu wenig. Außerdem muss ich mich erst einmal wieder fangen. Ich fasse es nicht. Jared Cooper hat mit mir geflirtet. Und ich habe es erwidert, was fast noch schlimmer ist. Das hier ist ein ganz gefährliches Spiel. Aber ich fühle mich stärker zu ihm hingezogen als jemals zuvor.

Immerhin habe ich, seit wir hier sind, auch den Menschen hinter der Fassade ein bisschen kennengelernt. Jared Cooper ist nicht nur der erfolgreiche Geschäftsmann und Workaholic, als den ich ihn bisher immer erlebt habe. Er ist auch ein Sohn, der nach wie vor um die Liebe und Aufmerksamkeit seiner Eltern kämpft.

Das zeigt auch, dass diese abgestumpfte Art, die er oft an den Tag legt, einen besonderen Grund hat und nicht sein wahres Wesen ausmacht. Und leider war das der einzige Grund, weshalb ich nicht mehr in meinen Boss verknallt war. Ihn jetzt so zu erleben, wirft mein gesamtes Bild von ihm durcheinander, und durchbricht die Mauern, die ich aufgebaut hatte. Ich stehe nicht mehr dort, wo ich war, als ich angefangen habe, für ihn zu arbeiten. Ich bin nicht mehr in ihn verknallt. Nein, es ist viel schlimmer. Ich habe mich bis über beide Ohren in ihn verliebt.

Aber ist er wirklich bereit für eine Beziehung? Vorausgesetzt natürlich, er hat tatsächliches Interesse an mir. Ich denke, dafür muss er zuerst das Verhältnis mit seinen Eltern in Ordnung bringen. Und dabei werde ich ihm helfen. Genau. Es ist Weihnachten. Wenn Familien zusammenfinden, dann doch gerade jetzt. Ich werde dafür sorgen, dass Jared Cooper ein Weihnachtswunder erlebt.

»Eve, ich habe das Telefonat beendet und gehe noch schnell duschen«, unterbricht mein Traummann meine Gedanken.

»Ja, klar. Ich komme dann auch gleich rein«, erwidere ich.

Doch ich warte bis er die Tür des Badezimmers hinter sich verschlossen hat, bevor ich den Whirlpool verlasse. Als ich ins Schlafzimmer komme, sehe ich sein Handy am Nachttisch liegen und tue etwas, von dem manch einer meinen könnte, es würde seine Privatsphäre verletzen. Aber ich habe schließlich nur Gutes im Sinn. Jared wird mir bestimmt dankbar sein.

18

JARED

Zuerst wollte ich den Anrufer verfluchen, der meine Unterhaltung mit Eve unterbrochen hat. Doch dann wurde mir bewusst, in welch brenzlige Lage ich mich in diesem verdammten Whirlpool gebracht habe. Sie ist meine Assistentin. Erst nötige ich sie dazu, sich als meine Freundin auszugeben, und dann will ich ihr auch noch an die Wäsche? Ich würde sagen, ich bin gerade noch einmal einer Klage wegen sexueller Belästigung am Arbeitsplatz entkommen. Auch wenn der Whirlpool kaum als solcher gilt. Aber trotzdem.

Diese Frau bringt mich noch um den Verstand. Und wieso ist mir im Büro nie aufgefallen, wie außerordentlich schön sie ist? Wobei ... Aufgefallen ist es mir sehr wohl. Ihre langen Beine in den Bleistiftröcken waren auch kaum zu übersehen. Ebenso wie diese strahlenden Augen. In New York konnte ich mir noch einreden, es würde genug andere heiße Frauen geben, mit denen ich Spaß haben kann. Was auch stimmt. Doch jetzt, da ich sie besser kennengelernt habe und sie es aus irgendeinem Grund geschafft hat, dass ich mich ihr öffne - mehr als jeder anderen Frau bisher -, ist sie nicht mehr nur die schöne Hülle. Sie hat mich mit ihrer Art in den Bann gezogen, und ich kann an nichts anderes mehr denken, als die Kissen zwischen uns zu entfernen und über die herzufallen.

Schade, dass das nicht so einfach geht. Außerdem hat sie in der Vergangenheit noch nie Interesse an mir gezeigt. Wahrscheinlich habe ich mir sogar den Flirt nur eingebildet. Bestimmt wollte sie einfach nur höflich sein und wusste nicht, wie sie reagieren soll, wenn ihr Boss plötzlich anzüglich wird. Verdammt.

Wieso muss das auch alles so kompliziert sein? Wäre sie nicht meine Assistentin, hätte ich sie schon längst verführt. Aber so muss ich mich natürlich zurückhalten. Das sollte ich nicht noch einmal vergessen.

Ich drehe das Wasser in der Dusche kälter, um mich wieder in den Griff zu bekommen, bevor ich zurück zu Eve gehe. Zum Glück habe ich nicht vergessen, Klamotten mit ins Badezimmer zu nehmen. Sonst stünde ich auch gleich vor dem nächsten Problem.

Herrje, ich weiß nicht einmal, ob es in Eves Leben einen Mann gibt. Sie hat zwar nie einen Freund erwähnt und ist auch immer alleine zu Firmenfeiern gekommen, aber man weiß ja nie. Sie wäre nicht die Erste, die Privatleben und Beruf strikt voneinander getrennt halten möchte. Vielleicht sollte ich sie einfach danach fragen. Als ihr Boss steht es mir schließlich zu, mir über die Angelegenheiten meiner Mitarbeiter Gedanken zu machen. Sollte ein eventueller Freund zuhause auf sie warten, wäre der bestimmt nicht sonderlich erfreut darüber, dass sie hier mit ihrem Boss festsitzt und den romantischen Whirlpool nutzt.

Doch einen kurzen Augenblick später verwerfe ich auch diesen Gedanken wieder. Natürlich steht es mir nicht zu, mich in ihr Privatleben einzumischen. Auch wenn ihr Job es derzeit vielleicht negativ beeinflusst. Andererseits haben wir uns auch über meine Eltern unterhalten ... Stopp!

Das ist etwas ganz anderes. Sie hat mich schließlich nicht über mein Liebesleben ausgefragt. Darüber gäbe es auch nicht sonderlich viel zu erzählen. Ich hatte noch nie eine feste Beziehung. Natürlich lebe ich nicht abstinent, aber meine Frauengeschichten werde ich Eve ganz sicher nicht auf die Nase binden. Auch, wenn ich kein Mistkerl bin, der seinen Dates das Blaue vom Himmel verspricht, um sich bereits am nächsten Tag nicht mehr zu melden. Bisher wussten immer alle genau, worauf sie sich eingelassen haben. Ich habe noch nie ein Geheimnis daraus gemacht, keine Beziehung zu wollen. Auch nicht, um eine Frau ins Bett zu bekommen. Ohne eingebildet klingen zu wollen, habe ich das nicht nötig.

Als ich bemerke, wohin meine Gedanken schon wieder abgedriftet sind, halte ich mein Gesicht unter den kalten Wasserstrahl. Für einen Moment überlege ich, ob ich eine Solonummer riskieren sollte, um diesen unsagbaren Druck abzubauen, verzichte dann aber doch darauf. So weit bin ich noch nicht gesunken. Ich käme wir armselig dabei vor, es mir selbst zu besorgen, während eine heiße Frau halbnackt und nur wenige Meter von mir entfernt im Whirlpool sitzt. Also versuche ich endlich, an etwas anderes zu denken, um meinen Schwanz zu beruhigen, und ziehe mich schließlich an.

Nur ein Blick ins Schlafzimmer genügt und mir wird klar, wie wenig diese kalte Dusche ausgerichtet hat. Eve liegt in einen Bademantel gekleidet im Bett, die Kissen in der Mitte sind verschwunden. Als sie mich bemerkt, schenkt sie mir ein strahlendes Lächeln.

»Ich dachte, wir sehen uns einen Weihnachtsfilm an. Schließlich habe ich noch ein paar Tage Zeit, um dich zu bekehren«, meint sie belustigt.

Dabei ist die Art des Films, den wir uns ansehen sollen, meine geringste Sorge.

»Hier im Bett?«, frage ich sie misstrauisch.

»Im Wohnzimmer gibt es keinen Fernseher und hier ist es sicher gemütlicher, als den Laptop draußen aufzustellen.«

Das leuchtet ein. Und zeigt, wie sehr ich mich schon wieder geirrt habe. Eve versucht einfach nur, das beste aus dieser Situation zu machen. Es hat rein gar nichts damit zu tun, dass sie mehr von mir will.

»Willst du vorher noch ins Bad?«, frage ich sie, während ich mich bereits auf meine Seite des Bettes lege.

»Ja, das ist eine gute Idee«, antwortet sie und springt dabei fast zum Kleiderschrank, um sich bequeme Klamotten mitzunehmen.

Erst in diesem Moment wird mir bewusst, dass sie unter dem Bademantel nackt sein muss. Sicher hat sie sich nicht mit dem nassen Bikini ins Bett gelegt. Ich spüre, wie mein Schwanz sich schon wieder regt und bin fast dankbar, dass Eve recht rasch im Badezimmer verschwindet und ich noch einmal Zeit habe, mich zu besinnen.

19

EVE

Zugegeben, der Vorschlag mit dem Film im Bett war nicht der beste Einfall, den ich je hatte. Immerhin bedeutet das, dass ich neunzig Minuten lang neben Jared liegen muss. Wach. Und zwar so, dass wir beide auf den Laptop sehen können. Also recht eng beieinander. Dann habe ich auch noch einen Film ausgewählt, in dem es stellenweise doch ziemlich heiß hergeht.

Während sich die Schauspieler auf unserer kleinen Leinwand näher kommen, kann ich an nichts anderes mehr denken, als an Jareds Körper, der so nah neben meinem ist. Zwar berühren wir uns nicht einmal, aber ich kann doch seine Wärme spüren. Ich rieche seinen männlichen Duft und höre seinen Atem. Alleine das genügt, um mich halb um den Verstand zu bringen. Von der Handlung des Films bekomme ich nur die Hälfte mit -

wenn überhaupt. Mir bleibt nur zu hoffen, dass Jared sich danach nicht mit mir darüber unterhalten will. Aber da es sich um einen Weihnachtsfilm handelt, stehen die Chancen, um diese Peinlichkeit herumzukommen, ganz gut.

Gerade als der Abspann beginnt, läutet das Telefon der Unterkunft. Jared steht auf und geht ins Wohnzimmer, um abzuheben. Ich bleibe enttäuscht und fröstelnd, aufgrund seiner fehlenden Wärme zurück. Weshalb genau ich enttäuscht bin, kann ich nicht sagen. Denn es ist doch eigentlich ganz gut, dass es zu keinem peinlichen Moment gekommen ist. Und auf mehr hatte ich ohnehin nicht wirklich gehofft. Oder doch? Ach, auch egal. Ich will schließlich nicht mehr. Er ist mein Boss. Ein Jammer, dass ich mich immer wieder daran erinnern muss.

Ich stehe auf, da ich nicht ewig hier liegen bleiben kann. Immerhin habe ich gerade festgestellt, dass ich nicht mit irgendwem hier bin, sondern mit meinem Vorgesetzten. Es macht sicher keinen guten Eindruck, wenn ich im Bett auf ihn warte, damit er mir mitteilen kann, wer der Anrufer war und was er wollte. Also mache ich mich ebenfalls auf den Weg in den Wohnbereich, wo Jared gerade den Hörer auflegt.

»Irgendwelche Neuigkeiten?«, frage ich ihn, um einen normalen Tonfall bemüht.

»Eine Gute und eine Schlechte. Welche möchtest du zuerst hören?«

»Die Schlechte. Dann kann ich mich wenigstens noch auf was freuen.«

Er lächelt. »Gute Wahl. Also, wir werden den morgigen Tag ebenfalls hier verbringen müssen. Sie können uns heute leider nicht freischaufeln, da es nach wie vor schneit.«

»Oh. Und die gute Nachricht?«

»Die gute Nachricht ist, dass sich das Wetter morgen beruhigen sollte. Übermorgen sind wir also frei und können auch abreisen, sofern die Präsentation gelingt.«

»Das ist aber noch nicht sicher?«, frage ich besorgt. Wenn wir doch nicht nach Hause fliegen können, kann ich Weihnachten mit meiner Familie vergessen.

»Es ist ziemlich sicher. Ich würde vorschlagen, wir machen uns noch keine zu großen Gedanken darüber und vertrauen einfach, dass sich alles zum Guten entwickelt, okay?«

Nicht hundertprozentig überzeugt, nicke ich. Was bleibt mir auch anderes übrig? Auf die Schnelle werde ich wohl kaum einen Föhn auftreiben können, der den ganzen Schnee wegschmilzt. Es liegt nicht in meiner Hand. Also kann ich genauso gut das Beste aus der Situation machen.

»Wollen wir uns etwas zu Essen kochen?«, frage ich also Jared und er nickt.

Die nächste halbe Stunde verbringen wir also

damit, wie ein verliebtes Paar in der Küche zu stehen und gemeinsam zu kochen. Wir necken uns, lassen den jeweils anderen direkt vom Kochlöffel kosten und kommen uns dabei auch etwas näher. Dabei lässt jede unbeabsichtigte Berührung kleine Blitze durch meinen Körper jagen. Auch während des Essens herrscht ein flirtender Ton und ich habe das Gefühl, es geht nicht nur mir so, dass ich meine Augen nicht von meinem Gegenüber lassen kann.

»Es tut mir übrigens leid, solltest du zuhause Probleme mit einem eifersüchtigen Freund bekommen, weil du hier mit mir eingeschneit bist«, sagt Jared irgendwann, was mich doch überrascht.

Ich dachte, er wüsste, dass ich keinen Partner habe. Zwar habe ich es nie explizit erwähnt - wieso auch -, aber auf Firmenfeiern oder dergleichen bin ich immer alleine erschienen. Mich hat noch nie ein Mann nach Dienstschluss aus dem Büro abgeholt und ich bekomme auch keine Anrufe, die Derartiges vermuten ließen. Ich sehe Jared direkt in die Augen, bevor ich antworte, um vielleicht aus seiner Reaktion darauf schließen zu können, wie diese Aussage wirklich gemeint war.

»Der Einzige, der mich vermissen könnte, ist Scott«, sage ich leichthin und muss schmunzeln, als Jareds Lächeln ins Wanken gerät. Um ihn nicht allzu sehr zu quälen, beeile ich mich, weiterzusprechen. »Er ist mein Nachbar und borgt sich öfter einmal irgendetwas bei mir aus. Jetzt muss er sich dafür wohl jemand anderen suchen.«

Bei der Erleichterung, die ich in Jareds Gesicht erkennen kann, fallen alle Bedenken, die ich bisher hatte, von mir ab. Scheiß auf den Job. Ich finde bestimmt einen anderen. Aber das Gefühl, das ich in der Nähe von meinem Boss habe, werde ich so schnell sicher bei keinem anderen Mann bekommen.

Ich lehne mich noch weiter nach vorne, um ihm Einblick in mein Dekolletee zu gewähren.

»Was ist mit dir? Wieso hast du nicht einfach eine andere Frau mit hierher genommen?«

»Weil du meine Assistentin bist und das hier ein Businessaufenthalt ist.«

Seine Antwort enttäuscht mich. Hätte er jetzt auch nur die kleinste anzügliche Bemerkung gemacht, wäre ich sofort über ihn hergefallen.

»Außerdem«, spricht er mit einem neckischen Grinsen weiter, »wäre ich mit keiner anderen Frau lieber hier.«

Einen Augenblick lang, der mir wie eine Ewigkeit vorkommt, sehen wir uns einfach nur an. Bis Jared schließlich immer näher kommt und uns unsere Lippen endlich berühren. Es ist ein sanfter, fast unschuldiger Kuss. Doch er löst in mir etwas aus, das kein Zurück mehr zulässt.

Gierig schlinge ich meine Arme um ihn und ziehe

ihn so dicht an mich, dass sich unsere Körper berühren. Ich öffne meinen Mund und klopfe mit meiner Zunge gegen seinen, den er bereitwillig öffnet, um mich eindringen zu lassen. Ihn so zu kosten gibt mir endgültig den Rest. Meine Hände beginnen, an seinem Shirt zu zerren, um es ihm auszuziehen. Doch er lässt sich nicht lange bitten und mit einer einzigen flüssigen Bewegung steht er mit nacktem Oberkörper vor mir. Endlich kann ich diese trainierte Brust und den Waschbrettbauch berühren.

Da ich es kaum noch abwarten kann, ihn in seiner vollen Pracht zu sehen, nestle ich an seiner Hose herum. Doch er hält meine Arme fest, sieht mir für einen Moment tief in die Augen, bevor er mich mit einem Ruck am Hintern packt und hochhebt. Als wäre ich leicht wie eine Feder, trägt er mich ins Schlafzimmer und lässt mich erst wieder los, als wir vorm Bett angekommen sind.

»Zuerst will ich auch etwas von dir sehen«, sagt er schmunzelnd und befreit mich aus meinem Sweater, der mich bis jetzt vor der Kälte geschützt hat. Doch nun brauche ich ihn nicht mehr, denn die Hitze in mir ist kaum noch auszuhalten.

Kaum ist das lästige Teil von meinem Körper, widmet sich Jared meinen Brüsten. Er knetet die eine, während er die Knospe der anderen, die bereits steif vor Erregung ist, in den Mund nimmt und daran saugt. Ein Keuchen entfährt mir, als der sanfte Schmerz, der von meiner Brust ausgeht, direkt in tiefere Regionen schießt.

Ich will nicht mehr länger warten und befreie Jared endlich von seiner unnötigen Hose. Als ich seine Erektion erblicke, beiße ich mir auf die Unterlippe. Beherzt greife ich zu und entlocke ihm damit ein überraschtes Stöhnen.

»Also gut. Ich bin nackt. Jetzt will ich dich nackt sehen«, sagt mein Boss mit rauer Stimme, drückt mich aufs Bett und zieht mir die Hose samt Slip von den Beinen.

Doch anstatt wieder aufzutauchen und dort weiterzumachen, wo er aufgehört hat, widmet er sich gleich meiner intimsten Zone. Ohne großes Vorspiel versenkt er einen Finger in mich und berührt dabei eine Stelle, von der ich schon öfter gehört aber nie geglaubt habe, dass sie tatsächlich existiert. Ich schreie laut auf vor Lust, verstehe nicht, was da gerade passiert, denn nur mit kleinen Bewegungen hat Jared mich binnen weniger Sekunden kurz vor einen Orgasmus gebracht.

»Das wollte ich schon die ganze Zeit über tun«, sagt er mit einem wollüstigen Grinsen im Gesicht. »Aber so werde ich dich nicht kommen lassen, Eve«, spricht er weiter und zieht seine Hand wieder zurück.

Er geht zu seinem Nachtkasten und holt eine Packung Kondome hervor. Verdutzt sehe ich ihn an.

»Ich bin gerne vorbereitet. Aber nein, ich hatte

das hier nicht geplant«, sagt er in einem Ton, der keine weiteren Fragen zulässt, um anschließend wieder zu mir zu kommen.

Ohne noch ein weiteres Wort zu sagen, legt er die Kondomverpackung aufs Bett und verschwindet mit seinem Kopf zwischen meinen Schenkeln. Ich spüre, wie seine Zunge zuerst meine Klit stimuliert, bevor sie in mich eindringt. Jared so zu spüren und so zu sehen macht mich schier wahnsinnig. Erst als ich zum zweiten Mal an diesem Tag kurz vor dem Höhepunkt stehe, lässt er von meiner intimsten Stelle ab und bahnt sich seinen Weg zu meinen Lippen, mit denen er in einem leidenschaftlichen Kuss verschmilzt.

Vor Verlangen sind meine Hände überall an seinem Körper. An seinem Rücken, seiner Taille, seinem knackigen Hintern. Und plötzlich dringt er in mich ein. Ich muss so abgelenkt von seiner Nähe, unserem Kuss gewesen sein, dass ich gar nicht bemerkt habe, wie er sich das Kondom übergestülpt hat. Überrascht blicke ich zur Seite, wo sich nun eine geöffnete Verpackung befindet. Doch Jareds nächster Stoß holt mich sofort wieder ins Hier und Jetzt und zu ihm.

Ich habe das Gefühl, ihn so tief in mir zu spüren, wie noch nie einen Mann zuvor. Um dieses Empfinden noch weiter zu steigern, ergreife ich die Oberhand und rolle ihn auf den Rücken, ohne den Kontakt zu verlieren. Jetzt sitze ich auf ihm und er füllt mich derart aus, als wäre sein Schwanz nur für mich gemacht. Wie im Rausch beginne ich, mich auf ihm zu bewegen, während er meine Brüste knetet. Meine Bewegungen werden immer schneller, ich reite einem gewaltigen Orgasmus entgegen und als Jared auch noch mit seinen Fingern beginnt, meine Klit zu stimulieren, kann ich nicht mehr an mir halten. Mit einem lauten Lustschrei sacke ich auf ihm zusammen.

Die Muskeln in meinem Inneren ziehen sich rhythmisch um seinen Schwanz zusammen, was auch ihm den Rest gibt. Mit einem tiefen Stöhnen, das mich fürchterlich scharf macht, entlädt er sich.

»Das war der Wahnsinn«, sage ich zu ihm.

»Und es war erst der Anfang«, erwidert er mit einem Grinsen, stülpt sich das zweite Kondom über und dringt ein weiteres Mal in mich ein. Diesmal geht er langsamer vor ...

20

EVE

Als ich am nächsten Morgen aufwache und Jared noch schlafend neben mir liegen sehe, beginnen die Gedanken in meinem Kopf zu kreisen. Ich habe mit meinem Boss geschlafen. Obwohl es sich so richtig anfühlt, hoffe ich doch, dass es nicht unangenehm wird, sobald Jared aufwacht. Ich habe schließlich keine Ahnung, als was er die vergangene Nacht sieht. Als einen One-Night-Stand? Als den Beginn einer Beziehung? Oder will er vielleicht eine Büroaffäre?

Dabei sollte ich mir viel eher Gedanken darüber machen, was ich eigentlich will. Doch wenn ich ehrlich bin, weiß ich das bereits. Ich habe mein Herz schon lange an Jared Cooper verloren. Schon am ersten Tag, als ich sein Büro betreten habe. Carrie hat recht. Wahrscheinlich habe ich deshalb keine einzige nennenswerte Beziehung gehabt, seit ich angefangen habe, für ihn zu arbeiten. Und nach den letzten Tagen hier, in denen ich ihn noch besser kennengelernt habe, kann ich es einfach nicht mehr abstreiten. Ich bin verliebt in meinen Boss.

Sollte er das alles also nur als Spaß sehen und nichts Ernsthaftes von mir wollen, wird mir nichts anderes übrig bleiben, als zu kündigen. Ich könnte ihm nicht tagtäglich vor die Augen treten in dem Wissen, ihn niemals haben zu können. Meine Zukunft ist damit besiegelt. Also, je nachdem, wie er sich entscheidet. Falls er sich entscheidet.

Ein leises Gähnen reißt mich aus meinen Überlegungen. Erschrocken blicke ich zur Seite und sehe Jared, der mich liebevoll anlächelt.

»Hast du gut geschlafen?«, fragt er und zieht mich dabei zu sich.

»Kurz aber gut. Und du?«

»Jetzt, da ich der heißen Frau neben mir nicht mehr widerstehen muss, habe ich ausgezeichnet geschlafen.«

Er beugt sich über mich, um mich zu küssen, wobei ich seinen harten Schwanz an meinem Bauch spüren kann. Nach einer weiteren heißen Runde, von der ich nicht dachte, dass ich nach dieser Nacht noch dazu fähig wäre, verlassen wir das Bett, um Frühstück zu machen. Irgendwann müssen wir schließlich auch etwas essen.

Dieses Mal fühlt es sich richtig gut an, mit Jared in der Küche zu stehen. Nicht, dass es am Vortag schlecht gewesen wäre. Aber jetzt müssen wir uns nicht mehr zurückhalten. Wir kichern und albern herum, berühren den anderen ganz ohne Scham und küssen uns nach Lust und Laune. Jetzt verstehe ich, weshalb diese Hütte den frisch verliebten vorbehalten ist. Es gibt keine Ablenkungen. Man kann sich ganz ungestört einander widmen. Und das kosten wir in vollen Zügen aus.

»Wie wirst du Weihnachten verbringen, sofern wir hier nicht festsitzen?«, frage ich Jared und finde den Gedanken daran, noch einige Tage länger mit ihm zu verbringen, gar nicht einmal so übel. Wäre da nicht das größte Familienfest des Jahres.

»Vermutlich in meiner Wohnung. Oder im Büro. Je nachdem.«

»Alleine?«

»Natürlich nicht. Woran denkst du nur? Ich werde in bester Gesellschaft meiner Zahlen und Tabellen sein«, scherzt Jared, doch ich merke, wie sehr er sich wünschte, es wäre anders. Zumindest gehe ich davon aus.

»Wie wäre es, wenn du mit mir kommst?«

Ich spiele schon länger mit dem Gedanken, ihn das zu fragen, habe mich bisher aber nicht getraut. Nachdem wir die letzten Stunden allerdings ziemlich vertraut miteinander im Bett verbracht haben, kommt mir die Frage weniger unangemessen vor.

»Zu deiner Familie?«, fragt er mich mit einem ernsten Gesichtsausdruck.

»Ja. Es gibt tolles Essen, Kekse, heiße Schokolade ... Und ja, auch einen Weihnachtsbaum und anderen traditionellen Schmuck. Aber davon musst du dich nicht unter Druck gesetzt fühlen. Es ist ganz zwanglos. Ich stelle dich meinen Eltern vor und wir können noch ein paar Tage zusammen verbringen, bevor die Realität uns wieder einholt und wir ins Büro müssen.«

Jared antwortet nicht gleich, sondern scheint seine Optionen genau abzuwägen. Ich spüre, wie das Herz in meiner Brust pocht. Ich hoffe so sehr, dass er zusagt. Denn nur so kann mein Plan aufgehen.

»Okay«, antwortet er schließlich.

Ich mache große Augen, da ich zwar auf eine Zusage gehofft, aber nicht wirklich daran geglaubt habe.

»Du kommst mit? Ehrlich?«

»Ja, ehrlich«, sagt er nun mit einem breiten Grinsen im Gesicht. »Ich werde diesem Weihnachtsding eine Chance geben. Wer weiß, vielleicht kann mich deine Familie davon überzeugen, dass es nicht nur darum geht, allen etwas vorzuspielen.«

Mein Lächeln breitet sich aus, bis ich übers ganze Gesicht strahle. Ich stehe von meinem Stuhl auf und setze mich aufs Jared Schoß, um ihn in den Arm nehmen zu können.

»Du wirst es nicht bereuen«, flüstere ich ihm ins

Ohr und beginne danach, an seinem Hals zu knabbern.

»Du bist unersättlich …«

Oh, und wie ich das bin. Zumindest bei ihm. Ich kann einfach meine Finger nicht mehr von ihm lassen.

»Erlaubst du mir, vorher noch mein Frühstück aufzuessen? Wie es aussieht, brauche ich alle Energie, die ich kriegen kann.«

»Ausnahmsweise«, antworte ich, drücke ihm einen dicken Kuss auf den Mund und setze mich wieder an meinen Platz.

»Dann erzähl mir inzwischen etwas über dich. Wie bist du dazu gekommen, Drinks in Dosen zu vertreiben?«

Jared mustert mich mit einem Schmunzeln im Gesicht. Wir beide wissen, dass ich seinen Werdegang bis ins kleinste Detail kenne. Schließlich bin ich seine Assistentin. Ich muss über solche Dinge informiert sein. Trotzdem geht er auf meine Frage ein und erzählt mir die Version, die nicht auf Wikipedia und sonstigen Seiten zu finden ist.

»Während meine Studienkollegen die Partys am Campus in vollen Zügen ausgekostet haben, machte ich mir Gedanken darüber, wie man die für betrunkene doch recht gefährlichen Flaschen vermeiden und gut gemixte Getränke auch auf solchen Festen bekommen könnte. Ohne extra einen Barkeeper zu engagieren, den sich die meisten Studenten ohnehin nicht leisten können.«

»Du meinst, die anderen haben sich betrunken, und du hast deine Karriere geplant?«

»So in etwa. Wobei ich dabei auch nicht immer nüchtern war. Jedenfalls ist mir irgendwann die Idee der Getränke in der Dose gekommen. Ich habe Geld zusammengespart und neben dem Prüfungsstress den ersten Drink kreiert. Mit meinem Abschluss hatte ich auch die erste Million aus meiner eigenen Firma in der Tasche.«

Nachdenklich sehe ich ihn an. Ich verstehe einfach nicht, weshalb seine Eltern nicht furchtbar stolz auf ihn sind. Aber wer weiß. Vielleicht liegt er wirklich nur einem Missverständnis auf und sie können ihre Liebe einfach nicht so zeigen, wie er es brauchen würde. Das wird sich bestimmt alles noch klären.

»Und mit dieser Million hast du dann erst einmal all die Partys nachgeholt, die du mit dem Entwickeln deiner Idee verbracht hast?«, frage ich ihn und kann mir ein Grinsen nicht verkneifen.

»Nicht ganz«, lächelt er mich ebenfalls an. »Ich habe weitergemacht. Je besser die Firma funktioniert hat, desto mehr wollte ich erreichen. Und heute bin ich hier.«

»Also ist dein Privatleben auf der Strecke geblieben?«

»So kann man es auch sehen. Was ist mit dir?

Wieso hast du dich damals bei uns beworben? Die ehrliche Geschichte. Den offiziellen Teil kenne ich bereits.«

»Es ist genau so, wie ich es damals gesagt habe. Ich wollte Berufserfahrung sammeln und für ein erfolgreiches Unternehmen arbeiten. Ich liebe meinen Job.«

»Hast du schon viele Angebote von der Konkurrenz bekommen?«

Diese Frage erwischt mich dann doch eiskalt. Natürlich habe ich das. Aber kann ich das Jared einfach so erzählen? Er ist immer noch mein Boss. Nur weil ich seit gestern mit ihm ins Bett gehe, heißt das nicht, dass sich an unserer Arbeitsbeziehung irgendetwas verändert hat. Ich denke kurz nach. Und entscheide mich für die Wahrheit.

»Ja.«

So wenig ich Jared sonst oft durchschauen kann, so sehr sind ihm seine Gedanken in diesem Moment anzusehen.

»Hey, ich bin eben wirklich gut. Du hast Glück, mich als deine Assistentin zu haben«, versuche ich, die Situation etwas aufzulockern.

»Das habe ich tatsächlich«, erwidert Jared, noch immer mit ernster Miene.

»Was ist los?«

»Eve, ich weiß, es ist noch viel zu früh, um über so etwas zu sprechen, aber ... Ich meine es wirklich ernst mit dir. Ich hätte nicht ... Also ...«

»Du hättest mich nicht verführt und in dein Bett verschleppt, wenn es anders wäre?«

Keine Ahnung, weshalb ich in solchen Situationen immer dazu neige, alles ins Lächerliche zu ziehen. Vielleicht, weil mich die Anspannung erdrückt. Ich weiß nicht, auf was Jared hinaus will und ich bin mir nicht sicher, ob ich jetzt schon hören möchte, was er mir zu sagen hat. Was, wenn er uns nur als Affäre sieht? Klar, er meinte, es wäre ihm ernst mit mir. Aber das kann schließlich vieles bedeuten. Vielleicht will er weiterhin Sex haben, unser Techtelmechtel im Büro aber geheim halten. Es kann genauso gut sein, dass er mir gleich erklärt, er würde mich als Assistentin nicht verlieren wollen und die Sache deshalb lieber sofort wieder beenden. Was weiß denn ich.

Jared wirft mir einen schelmischen Blick zu.

»Du hast mich verführt, meine Liebe. Immerhin warst du diejenige, die die Kissen zwischen uns weggeräumt hat«, sagt er lachend. »Aber ganz im Ernst, Eve. Die letzten Tage waren … zauberhaft. Du bist … zauberhaft. Und klug, sexy, einzigartig …«

»Worauf willst du hinaus, Jared?«

So gerne ich Komplimente aus seinem Mund auch höre, kann ich nun nicht länger warten. Er wird es mir sagen, daran führt kein Weg mehr vorbei. Also will ich es lieber so schnell wie möglich hinter mich bringen.

»Ich habe mich in dich verliebt, Eve. Eine

solche Verbindung wie die letzten Tage zu dir habe ich noch nie gespürt. Ich will ganz ehrlich zu dir sein. Schon ab dem ersten Tag, an dem du mein Büro betreten hast, hätte ich dich am liebsten auf meinen Schreibtisch geworfen und dich an Ort und Stelle genommen. Du bist heiß. Ich habe mich zurückgehalten, weil ich für eine Beziehung nicht bereit war. Und meine Assistentin nicht verlieren wollte.«

»Und jetzt bist du bereit?«, traue ich mich, zaghaft zu fragen.

»Ja. Ich wusste schon immer, dass du eine besondere Frau bist, Eve. Aber wie besonders du bist, habe ich erst hier erfahren. Ich will mit dir zusammen sein. Wenn du das auch möchtest. Falls nicht, möchte ich, dass du weißt, dass das, was zwischen uns passiert ist, deinen Job in keiner Weise beeinflussen wird. Du ...«

»Ich hoffe doch, dass das hier sich auf meinen Job auswirkt«, sage ich und deute mit der Hand zwischen uns hin und her.

Als ich Jareds entsetzten Gesichtsausdruck sehe, muss ich mich bemühen, nicht sofort loszulachen. Bestimmt denkt er, ich würde eine Gehaltserhöhung oder sonst etwas fordern, um ihn nicht doch noch wegen sexueller Belästigung anzuzeigen.

»Jetzt schau nicht so ... Du hast mir mit dem Gedanken Sex auf deinem Schreibtisch zu haben, einen Floh ins Ohr gesetzt. Darauf möchte ich in

Zukunft gerne zurückkommen«, sage ich und strahle ihn dabei an.

Es dauert einen kleinen Moment, bis er meine Worte verarbeitet hat. Dann, endlich, bildet sich auch auf seinem Gesicht wieder dieses unwiderstehliche Lächeln.

»Aber zuerst wirst du dich mit Sex im Whirlpool begnügen müssen«, erwidert er, steht auf, schnappt mich und schleppt mich hinaus auf die Terrasse.

Zwei Stunden und gut drei Höhepunkte später werden wir durch das Läuten des Telefons unterbrochen.

»Ich gehe schon«, sagt Jared und läuft nackt in den Wohnbereich.

Als er zurückkommt, kann ich seine Miene nicht deuten.

»Was ist los?«

»Ich weiß nicht, ob ich glücklich oder traurig sein soll.«

»Wieso? Was ist passiert?«

»Das war Adam am Telefon. Sie fangen heute noch an, die Straßen zu räumen. Ab morgen ist das gesamte Resort wieder zugänglich und auch einer Abreise steht nichts mehr im Weg. Wir sollen morgen die Präsentation halten und können uns danach sofort auf den Weg nach New York machen.«

Okay, das sind gute Nachrichten. Immerhin komme ich rechtzeitig zu meinen Eltern. Mit Jared.

Außerdem will er eine echte Beziehung mit mir haben. Uns werden sich also noch genügend Möglichkeiten bieten, um Zeit zu zweit zu verbringen. Aber ... Ach du Schreck. Wir haben die letzten Tage damit verbracht, unsere Körper ausgiebig zu erkunden. Keine einzige Sekunde habe ich an die Präsentation gedacht.

»Hast du eine Idee für den Drink?«, frage ich Jared vorsichtig.

»Die habe ich tatsächlich. Dank dir.«

»Dank mir?«, frage ich verblüfft. Ich hätte eher doch noch mit einer Kündigung gerechnet, da ich meine Arbeitszeit vertrödelt habe. Mit meinem Boss. Aber trotzdem.

»Ja«, sagt er schlicht, ohne sich weiter zu erklären.

»Darf ich fragen, wie diese Idee aussieht?«

»Darfst du. Aber ich werde dir keine Antwort geben. Du erfährst alles morgen bei der Präsentation.«

Merkwürdig. Aber wer bin ich, die Entscheidung meines Chefs infrage zu stellen? Also lass ich es damit gut sein.

»Magst du mir bis dahin vielleicht etwas anderes zeigen?«, frage ich ihn mit einem Augenzwinkern.

»Frau, du machst mich noch fertig«, antwortet er lachend, hat im nächsten Moment aber schon seine Arme um mich geschlungen und seine Lippen auf meine gepresst.

21

JARED

Obwohl wir die letzten beiden Tage so gut wie nichts anderes getan haben, als miteinander zu schlafen, regt sich mein Schwanz schon wieder freudig, als ich am Morgen neben Eve aufwache. Eine Hand an ihrer Brust, die andere um ihre Taille geschlungen. Ich ziehe sie noch näher an mich heran und ernte dafür ein leises Stöhnen. Ob sie bereits wach ist, kann ich nicht genau sagen, aber sie wird es bestimmt gleich sein. Ich knete ihre Brust, während ich mit meiner anderen Hand über ihren Bauch zwischen ihre Schenkel fahre und mit meinen Fingern ihre Klit streichle.

Ein erneutes Stöhnen und Eves Po, den sie mir nun entgegenstreckt, zeigen mir, dass sie munter ist. Ich lasse nur so lange von ihr ab, wie es dauert, mir ein Kondom überzustreifen. Also ein paar Sekunden. Danach bringe ich meine Hände wieder zurück in Position und dringe mit einem kräftigen Stoß von hinten in sie ein. Während ich ihre Brüste und ihre Klit liebkose, lasse ich meinen Schwanz immer wieder in sie gleiten. Ich küsse ihren Nacken und genieße das Gefühl ihrer Enge.

Da ich bereits einen heißen Traum von der Frau vor mir hatte und mein Schwanz schon steif war, bevor ich aufgewacht bin, dauert es nicht lange, bis ich mit einem rauen Laut komme. Während ich mich in Eve ergieße und meine Erektion vor Lust pocht, spüre ich, wie sich auch Eves Muskeln um mich hektisch anspannen und wieder entspannen. Sie massieren mich, was meinen Orgasmus noch weiter in die Länge zieht. Als sich unsere Körper schließlich beruhigen, dreht Eve sich zu mir um.

»So möchte ich ab jetzt jeden Morgen geweckt werden«, sagt sie und gibt mir einen Kuss auf die Lippen.

»Das wäre mir ein Vergnügen.«

Eves Hand wandert an meinem Rücken nach unten bis zu meinem Hintern. Als sie versucht, an meine Vorderseite zu kommen, halte ich sie auf.

»Wenn du das jetzt tust, kommen wir zu spät zur Präsentation«, warne ich sie und schaue ihr tief in die Augen.

Sie scheint abzuwägen, was ihr wichtiger ist. Nach einem kurzen Moment zieht sie ihre Hand schließlich zurück und setzt sich auf.

»Also gut. Ich möchte nicht dafür verantwortlich

sein, dass dieser Deal nicht klappt. Nach allem, was ich dafür geopfert habe.«

Ich sehe sie überrascht und fragend zugleich an. Doch als ich das Grinsen in ihrem Gesicht sehe, weiß ich, dass sie nur Spaß gemacht hat. Um nicht doch noch zu spät zu kommen, gehen wir nacheinander ins Badezimmer, um zu duschen. Keine Stunde später haben wir auch schon gefrühstückt und sind bereit, die Präsentation, wegen der wir überhaupt hergekommen sind, endlich zu halten.

Eve hat dafür gesorgt, dass eine Auswahl unserer bisherigen Drinks und die Testcocktails bereits im Besprechungsraum aufgebaut wurden. So bekommt Adam Hartman einen ersten Eindruck von der Qualität unserer Getränke und kann sich somit eine Vorstellung davon machen, was ihn bei dem eigens für ihn und sein Hotel kreierten Dosencocktails erwarten wird.

Nach einer kurzen Begrüßung mit dem Hotelbesitzer, seiner Frau und zwei hochrangigen Angestellten, stelle ich mich ans Kopfende und präsentiere meine Idee.

»Zu ihrem Cocktail haben mich die Erfahrung, hier eingeschneit zu sein, und natürlich auch die überaus großzügige Gastfreundschaft, die uns entgegengebracht wurde, inspiriert. Der Drink, der ihr einzigartiges Resort widerspiegeln soll, fängt die Magie von Weihnachten, Verliebtsein und dem entspannten Faulenzen vor dem Kamin ein. Um ihm eine ganz besondere Eigenschaft zu geben, dachte ich mir, er sollte sowohl kalt als auch warm serviert werden können. Das macht ihn zu dem perfekten Getränk für hier und, wenn sie wollen, all ihre weiteren Hotels.«

Ich erkläre, welche Atmosphäre ich mir für den Drink vorgestellt habe, welche Geschmacksnoten enthalten sein sollen und welches Gefühl er den Gästen vermitteln kann. Als kleinen Vorgeschmack reiche ich den Anwesenden einen unserer Testcocktails, der im Gegensatz zu dem für hier geplanten, den Sommer und die Leichtigkeit am Meer widerspiegeln soll.

Adam und Demi scheinen begeistert zu sein. Die beiden Herren, die ebenfalls an der Präsentation teilnehmen, zeigen hingegen keinerlei Gefühlsregung, weshalb ich nicht einschätzen kann, woran ich bin.

Ich fahre fort, das weitere Vorgehen zu erklären, sollte sich die Hartman Group für meinen Vorschlag entscheiden. Mein Forschungs- und Entwicklungsteam könnte bereits nach den Feiertagen mit der Entwicklung der ersten Muster beginnen. Bis zum nächsten Sommer könnte das Produkt fertig sein und die Auslieferung erfolgen. Es müsste nur noch geklärt werden, ob sie den Drink nur hier in Aspen oder in allen Hotels weltweit anbieten wollen. Um mir keine Chance entgehen zu lassen, erwähne ich natürlich, dass wir auch gerne einen zweiten Drink, der zu allen Standorten passt, entwickeln könnten.

Doch das scheint gar nicht notwendig zu sein. Sobald ich ausgesprochen habe, erhebt Adam sich von seinem Stuhl und kommt mit einem Lächeln im Gesicht auf mich zu.

»Jared, damit habe ich nicht gerechnet. Ich glaube, ich kann für uns alle sprechen, wenn ich sage, dass du uns von den Socken gehauen hast. Ich finde deine Idee erstklassig. So wie du den Cocktail beschrieben hast, scheint er sich gut in unser Konzept einzufügen. Ich sehe also keinen Grund, weshalb wir ihn nicht an allen Standorten anbieten sollten. Eine einzige Bedienung habe ich: Die Hartman Group soll die einzige Hotelkette sein, die einen solche Drink von euch bekommt.«

Manch einer würde meinen, diese Einschränkung wäre nicht gut fürs Geschäft. Aber ich weiß es besser. Die Hartman Group ist die größte Hotelkette der Welt. Wenn ich den Deal nur bekomme, indem ich für sie exklusiv arbeite, dann soll es eben so sein. Meine Firma wird damit mehr Umsatz machen, als wenn wir etliche kleine Ketten dazu bringen würden, mit uns zusammenzuarbeiten. Außerdem spricht nichts dagegen, mein Konzept, Cocktails für Skihütten anzubieten, weiterhin zu verfolgen. Diese werden mir die Drinks vermutlich aus den Händen reißen, wenn sie erst mitbekommen, dass wir eng mit der Hartman Group zusammenarbeiten. Freudig schlage ich also in das Geschäft ein, womit unsere Arbeit hier getan ist.

»Ich hoffe, wir sehen euch wieder einmal hier. Durch den Schneesturm habt ihr Einiges verpasst. Unser Resort hat noch viel zu bieten«, sagt Adam, als wir dabei sind, uns zu verabschieden.

»Das glaube ich dir gerne. Eve ist nach wie vor sehr von eurer Weihnachtsdekoration beeindruckt. Ich befürchte, ich werde nicht drumherumkommen, ab jetzt jedes Jahr mit ihr hierher zu fahren«, sage ich und schenke meiner Freundin ein Lächeln, damit sie weiß, wie gerne ich das tun würde.

»Das freut mich zu hören. Ihr seid jederzeit willkommen. Beim nächsten Mal haben wir hoffentlich auch etwas mehr Zeit, uns zu unterhalten.«

»Bestimmt. Sofern ihr überhaupt hier seid. Ihr müsst doch fast täglich in einem anderen Hotel sein, um alles unter einen Hut zu bringen, oder nicht?«

»Das stimmt. Zumindest wäre genug zu tun. Aber ich habe einige Aufgaben an verlässliche Mitarbeiter abgegeben, sodass wir in Zukunft weniger reisen müssen.«

Erstaunt ziehe ich meine Augenbrauen nach oben. Diese Worte von einem vielbeschäftigten Geschäftsmann? Aber wer weiß. Adam Hartman ist schon seit einigen Jahren mit seiner Frau verheiratet. Bisher sind sie zu zweit geblieben. Vielleicht ist eine anstehende Familienplanung dafür verantwortlich. Doch das sind viel zu private Themen, um sie mit einem Mann zu besprechen, den ich gerade erst kennengelernt habe.

»Na, dann haben wir immerhin die besten Chancen, um uns hier wiederzusehen.«

»Auf jeden Fall. Ich wünsche euch eine gute Heimreise«, verabschiedet sich Adam schließlich von uns und wir verlassen den Konferenzsaal.

Unser Gepäck wurde bereits zur Rezeption gebracht. Wir müssen also nur noch unsere Zimmerkarten abgeben, bevor wir uns auf den Weg zum Flughafen machen können. Als wir das Haupthaus verlassen, steht unser Taxi schon bereit. Ich halte Eve die Tür auf und steige danach selbst auf der anderen Seite des Wagens ein. Jetzt geht es wohl auf zu ihren Eltern. Ich würde lügen, würde ich sagen, ich wäre nicht ein wenig nervös. Wobei das wohl die Untertreibung des Jahrhunderts ist.

22

EVE

Es ist ein bittersüßes Gefühl, wieder zurück in New York zu sein. Und nicht mehr in der Abgeschiedenheit unserer Hütte in Aspen. Jared und ich sind uns dort näher gekommen, und ich hoffe, dass unsere Beziehung der Realität standhalten kann. Bis dahin ist zwar noch ein bisschen Zeit, denn zuerst fahren wir zu meinen Eltern, aber trotzdem vermisse ich jetzt schon unseren kleinen Kokon, in dem wir komplett von der Außenwelt abgeschirmt waren. Schon die kurze Unterbrechung unserer Zweisamkeit, als wir beide in unseren Wohnungen waren, um die getragenen Klamotten aus unseren Koffern gegen frische für die nächsten Tage einzutauschen, war ein merkwürdiges Gefühl.

Andererseits wiederum freue ich mich unglaublich auf das gemeinsame Weihnachtsfest mit Jared und meinen Eltern. Klar, für die meisten wäre es vermutlich noch zu früh den neuen Freund schon der Familie vorzustellen. Nach gerade einmal ein paar Tagen. Noch dazu, wenn es sich bei dem Freund um den jahrelangen Boss handelt. Aber ich habe in dieser Hinsicht keinerlei Bedenken. Meine Eltern werden Jared lieben, da bin ich mir sicher. Sie freuen sich, wenn es mir gut geht und das geht es mir mit ihm auf jeden Fall.

Was mich allerdings schon ein bisschen nervös macht, ist die Tatsache, dass Mum und Dad keine Ahnung von meiner neuen Beziehung haben. Was soll ich sagen? Wir hatten anderes zu tun, als zum Telefon zu greifen und Freunde und Verwandte einzuweihen.

Wenn ich so darüber nachdenke, ist es wirklich irrsinnig, wie schnell sich alles entwickelt hat. Vor wenigen Tagen bin ich mit meinem Boss nach Aspen aufgebrochen und war nicht sonderlich davon angetan, seine Freundin spielen zu müssen. Jetzt habe ich ihn so viel besser kennengelernt und wir fahren als richtiges Paar wieder nach Hause. Wenn ich Carrie davon erzähle, wird sie sicherlich vollkommen ausflippen.

»Bist du nervös?«, fragt Jared mich, der für einen Moment den Blick von der Straße genommen und ihn mir zugewandt hat.

»Nicht wirklich. Vielleicht ein bisschen. Aber nur, weil Mum und Dad noch nichts von uns wissen. Von dir werden sie begeistert sein, da bin ich mir sicher.«

»Wir hätten sie vorher anrufen sollen. Vielleicht ist es ihnen gar nicht recht, dass du Besuch mitbringst.«

»Ach was. Meine Eltern sind in dieser Hinsicht echt locker. Du wirst schon sehen. Mach dir bitte keine Gedanken. Sie werden nur nicht damit rechnen, dass ich meinen neuen Freund mitbringe, obwohl ich vor ein paar Tagen noch Single war.« Ich lache über diese Bemerkung, aber es stimmt. Mum und Dad werden Jared bestimmt mit offenen Armen empfangen.

Zumindest nach dem ersten Schock. Aber so, wie ich meine Eltern kenne, werden sie sich davon sehr schnell erholt haben. Sie quälen mich schon länger mit Fragen nach meinem Beziehungsstatus. Vor allem Dad ist der Meinung, ich würde meine Arbeit zu ernst nehmen und sollte mich mehr um mein Privatleben kümmern. Nun, dann sollte sie die Neuigkeit zufrieden stimmen.

Was mir mehr Kopfzerbrechen bereitet, ist die Überraschung, die ich für Jared organisiert habe. Ich hoffe sehr, dass alles wie geplant abläuft. Beziehungsweise so, wie ich mir das vorstelle. Aber wirklich schlimmer als im Moment kann es kaum noch werden. Deshalb habe ich diesen Versuch auch unbedingt unternehmen müssen. Ich meine, es ist Weihnachten. Wenn ein Wunder geschehen kann, dann doch wohl jetzt. Wobei das größte Weihnachtswunder bereits in Aspen passiert ist. Jared und ich haben zusammengefunden. Ein besseres Weihnachtsgeschenk kann ich mir nicht vorstellen.

»Sollen wir nicht doch noch irgendwo halten, damit ich zumindest einen Wein oder so besorgen kann? Ich komme mir wirklich blöd dabei vor, kein Mitbringsel zu haben, wenn ich zum ersten Mal den Eltern meiner Freundin gegenüber stehe.«

Okay, Jared ist ganz offensichtlich nervös. Irgendwie finde ich das richtig süß. Dabei besteht überhaupt kein Grund dafür.

»Sie werden schon verstehen, dass wir keine Zeit mehr hatten, etwas zu kaufen. Wir sind direkt vom Flughafen nach Hause gefahren, um umzupacken. Dafür hatten wir keine halbe Stunde Zeit und jetzt sitzen wir im Auto auf dem Weg zu ihnen. Wann hättest du dir in diesem Chaos auch noch Gedanken um ein Gastgeschenk machen sollen?«

»Das ist eine schlechte Ausrede. Ich hätte bereits in Aspen etwas besorgen können.«

»Du meinst in den fünf Minuten zwischen Schneesturm und meiner Frage, ob du mich begleitest?«, sage ich mit einem breiten Grinsen im Gesicht.

Tatsächlich war diese Aktion sehr spontan. Immerhin wusste ich auch nicht sofort, nachdem wir miteinander im Bett gelandet waren, dass Jared uns jetzt als Paar sieht. Und dann habe ich mich nicht gleich getraut, ihm diese Frage zu stellen. Auch wenn ich, um ehrlich zu sein, schon vor dem Sex geplant hatte, meinen Boss über die Feiertage mit zu meinen Eltern zu nehmen. Irgendwie hätte ich das bestimmt auch hinbekommen, ohne extra eine Beziehung mit ihm einzugehen. Schließlich war es meine Aufgabe, ihm Weihnachten schmackhaft zu machen. Und ich denke, das ist mir gelungen.

»Konnte ich dich eigentlich davon überzeugen, dass diese Jahreszeit auch ihre guten Seiten hat?«, frage ich Jared mit einem Schmunzeln.

Er scheint seine Antwort abzuwägen. Doch das Zucken um seine Mundwinkel verrät ihn.

»Also gut, ich gebe es zu. Mit dir gemeinsam ist dieser ganze Weihnachtswahnsinn tatsächlich auszuhalten.«

Immerhin. Das ist ein Anfang. Sollte unsere Beziehung anhalten, habe ich außerdem noch genügend Zeit, um ihn bis zum nächsten Jahr dazu zu bringen, es richtig genießen zu können. Mit Eggnog in der Hand und einem Weihnachtspulli am Leib.

»Was grinst du denn so?«, fragt Jared mich misstrauisch, da er mein verräterisches Grinsen offenbar bemerkt hat.

»Ach nur so. Ich bin froh, dass du mich begleitest«, sage ich, sehe ihm treuherzig in die Augen und drücke dabei seine Hand.

»Ich bin froh, dass du mich dazu überredet hast.

Zumindest noch. Der schwierigste Teil steht mir schließlich erst bevor.«

Und mit diesen Worten biegen wir in die Einfahrt meines Elternhauses ein. Nachdem Jared den Motor abgestellt hat, sehe ich auch schon Mum und Dad nach draußen kommen. Mit einem Strahlen im Gesicht kommen sie auf mich zu.

»Schätzchen, ich bin so froh, dass du es rechtzeitig geschafft hast«, begrüßt Mum mich und zieht mich in eine feste Umarmung.

Erst nachdem ich auch von Dad herzlich in Empfang genommen wurde, stehen sie unschlüssig vor Jared.

»Willst du uns den netten Mann, der so freundlich war, dich zu uns zu bringen, nicht vorstellen?«, fragt mein Dad.

»Oh. Ja, natürlich. Mum, Dad, das ist Jared Cooper. Mein Boss und ... Mein neuer Freund.«

Meine Eltern sehen überrascht zwischen uns beiden hin und her. Doch nach dem ersten Schreckensmoment ziehen sie auch Jared nacheinander in eine Umarmung.

»Wir freuen uns, dass du hier bist, Jared. Wir dürfen doch Du sagen, oder nicht?«

»Ja, natürlich. Ich freue mich auch, dass ich hier sein darf.«

»Dann kommt mal rein, Kinder. Hier draußen ist es viel zu kalt, um sich lange zu unterhalten. Ich nehme euer Gepäck«, meint mein Vater, doch Jared kommt ihm zuvor.

»Das ist wirklich nicht nötig, Mr. Anderson. Gehen Sie nur schon mit den beiden Damen hinein. Ich komme gleich nach.«

»In Ordnung. Aber das Du gilt auch in die andere Richtung. Sag ruhig Christopher zu mir. Und meine Frau heißt Paula. Da du jetzt mit unserer Tochter zusammen bist und wir offenbar Weihnachten miteinander feiern, müssen wir nicht so steif sein.«

»Okay, danke, Christopher.«

Ich belausche die kleine Unterhaltung zwischen Dad und Jared, während Mum mir von dem Abendessen, das es gleich geben wird, vorschwärmt. Als die beiden sich einig sind, begleitet mein Vater uns hinein. Keine zwei Minuten später kommt auch schon Jared mit unseren Koffern durch die Tür. Ich kann mir ein Schmunzeln nicht verkneifen als ich meinen Boss, der sonst für alles irgendwelche Leute bezahlt, sich selbst mit unserem Gepäck abschleppt. Ich glaube, er passt ganz gut zu uns. Zumindest haben meine Eltern ihn wirklich herzlich aufgenommen, was mich besonders freut, obwohl ich von nichts anderem ausgegangen bin.

23

JARED

Ich weiß jetzt, woher Eves Liebe für Weihnachten kommt. Das Haus ihrer Eltern ist von oben bis unten geschmückt. Dabei sieht es nicht geschmacklos aus, es ist nur ... Ein kleines bisschen überladen vielleicht. Zumindest für jemanden wie mich, der Weihnachten nicht viel abgewinnen kann. Sogar der Esstisch, an dem wir gerade Platz genommen haben, um das Abendessen zu uns zu nehmen, ist reichlich dekoriert. Der Baum, der eine ganze Ecke des Zimmers einnimmt, sieht einfach nur beeindruckend aus. Es ist keiner dieser modernen, schlicht geschmückten Bäume. Er zeigt Stücke aus all den vergangenen Jahren und ist somit ein wahres Unikat.

»Jetzt erzählt aber mal. Wie kommt es, dass ihr auf einmal ein Paar seid? So viel ich weiß, war das vor eurer Reise nach Aspen noch nicht der Fall«, kommt Paula auf das Thema zu sprechen, auf das sicher schon alle gewartet haben.

Ich will gerade zu einer Antwort ansetzen, und mich meinem Schicksal fügen, wenn Eves Eltern erfahren, was ich von ihrer Tochter verlangt habe, da kommt mir meine Freundin zuvor.

»Wir waren eingeschneit, hatten massenweise Zeit, uns zu unterhalten und haben festgestellt, wie viel wir gemeinsam haben. Wir kennen uns, wie ihr wisst, schon sehr lange. Aber anscheinend hat es einen Schneesturm gebraucht, um uns zueinander zu bringen.«

Mit gerunzelter Stirn und einem Lächeln auf den Lippen sehe ich Eve an. Sie gibt mir unter dem Tisch einen kleinen Stups, der mir zeigt, dass sie die wahre Geschichte lieber für sich behalten möchte. Doch ich halte nicht viel davon, eine Beziehung mit einer Lüge zu beginnen, also mische ich mich in das Gespräch ein.

»Um ehrlich zu sein, Paula, habe ich deine Tochter dazu überredet, sich als meine Freundin auszugeben. Ich hatte Angst, den Deal sonst nicht zu bekommen. Auch wenn das nicht gerade die feinste Art von mir war, hat sie dankenswerterweise zugestimmt. Wir mussten uns eine Hütte teilen und konnten uns während des Schneesturms nicht aus dem Weg gehen. Nicht, dass ich das gerne getan hätte, denn ich habe durchaus schon früher bemerkt, wie einzigartig eure Tochter ist. Aber so führte eben eines zum anderen und wir sind uns nähergekommen.«

Paula und Christopher sehen mich mit großen Augen an. Ich befürchte schon, sie schmeißen mich jeden Moment bei der Türe raus, als Eves Vater anfängt zu lachen. Einen kurzen Augenblick später macht es ihm ihre Mutter nach.

»Das ist typisch Eve. Ich wusste, man muss sie zu ihrem Glück zwingen. Wie dem auch sei. Ihr scheint glücklich zu sein und ich hoffe, das bleibt auch so.«

»Davon gehe ich aus«, erwidere ich.

Da sich Eve aus dem weiteren Verlauf des Gesprächs herausgehalten hat, werfe ich ihr einen fragenden Blick zu. Sie wirkt nervös. Vor ihren Eltern werde ich aber nicht den Fehler machen und sie darauf ansprechen. Ich kann nur hoffen, dass sie es sich nicht anders überlegt hat, und mich schon wieder loswerden will.

Als wir gerade zum Dessert übergehen, klopft es an der Haustür.

»Erwarten wir jemanden?«, fragt Christopher verwundert seine Frau, bevor er sich von seinem Platz erhebt.

»Nicht, dass ich wüsste«, sagt diese, steht ebenfalls auf und gemeinsam gehen sie zur Eingangstür.

Ich höre das Unheil, bevor ich es sehe.

»Was zum Teufel …«, wende ich mich an Eve, doch bevor ich eine Antwort bekommen kann, stehen auch schon meine Eltern vor mir. Hinter ihnen meine Schwester, die mich entschuldigend ansieht.

Eve steht schnell auf und läuft zu ihnen hinüber.

»Mr. Und Mrs. Cooper. Schön, dass Sie kommen konnten. Wollen Sie sich nicht zu uns setzen?«

Während meine Eltern am Tisch Platz nehmen, ziehe ich Eve zur Seite.

»Was soll das?«, frage ich sie, als wir außer Hörweite sind.

»Nun ... Ich dachte, da gerade Weihnachten ist, und wir zueinandergefunden haben, wäre es doch schön, wenn du dich auch mit deinen Eltern aussöhnen könntest.«

»Eve, ich habe dir gesagt, die Probleme, die wir haben, sind weitaus tiefgreifender, als dass sie sich mit einem Gespräch einfach so in Luft auflösen würden«, fauche ich sie an.

»Willst du es nicht wenigstens probieren?«, bittet sie mich.

Da mir ohnehin nichts anderes übrig bleibt, als mich meiner Familie zu stellen, gehe ich zurück zu ihnen. Ich fasse es nicht. Wie konnte Eve mir nur so sehr in den Rücken fallen? Hat sie mir nicht zugehört, als ich ihr von meinen Eltern erzählt habe? Ich dachte, wir würden uns gut verstehen und ich könnte mich ihr anvertrauen, aber das ist einfach zu viel. Fast hätte sie mich so weit gehabt, Weihnachten und dem ganzen Tamtam eine Chance zu geben. Aber sicher nicht, wenn Mum und Dad hier sind. Das ist das wohl schlimmste Weihnachtsfest, das ich je erlebt habe. Aus Respekt vor Eves Eltern versuche ich, ruhig zu bleiben, und setze mich ohne ein einziges Wort zu sagen, zurück an den Esstisch.

Meine Mutter und mein Vater sind bereits voll in ihrem Element und machen alles runter, was sie hören oder sehen. Es ist mir unglaublich peinlich vor Paula und Christopher, dass sie ein solches Benehmen in ihrem Haus dulden müssen. Alles nur wegen mir.

24

EVE

Ich hatte ja keine Ahnung. Wenn ich auch nur annähernd gewusst hätte, was für Menschen Jareds Eltern sind, wäre ich niemals auf die Idee gekommen, sie hierher einzuladen. Noch dazu an Weihnachten. Verdammt. Ich habe allen das Fest verdorben mit meiner naiven Art. Wobei es dumm wohl besser trifft. Jared hat mir immerhin versucht zu erzählen, wie das Verhältnis zu seinen Eltern aussieht. Nur, dass es tatsächlich so schlimm ist, hätte ich niemals für möglich gehalten.

»Sie haben es ... nett hier«, sagt Jareds Mum mit gerümpfter Nase. Es ist ihr deutlich anzusehen, wie angewidert sie von ihrer Umgebung und vermutlich auch von uns ist.

»Danke. Wir haben das Haus vor ein paar Jahren renoviert. Es ist zwar nicht allzu groß, aber es gehört uns und wir sind glücklich hier«, versucht sich meine Mutter sofort zu verteidigen.

Dabei ist unser Haus wirklich schön. Ja, vielleicht ist es nicht so groß wie das von den Coopers. Sie sind schließlich reich und können sich vermutlich eine riesige Villa leisten. Aber es ist ordentlich und gepflegt. Vor allem aber ist es das Zuhause, in dem mich meine Eltern voller Liebe und Fürsorge großgezogen haben.

»Und weshalb bist du hier, Jared? Ms. Anderson hat sich diesbezüglich nicht klar ausgedrückt, als sie uns herbeordert hat.«

Ich stoße ein leises Schnauben aus, aufgrund dieser frechen Bemerkung, sage aber nichts. Vielleicht kommt diese Frau doch noch zur Besinnung, wenn sie merkt, wie stolz sie auf ihren Sohn sein kann.

»Ich wollte Weihnachten mit meiner Freundin und ihren Eltern verbringen. Um ehrlich zu sein, bin ich eher überrascht, euch hier zu sehen.«

»Du wusstest nichts davon?«, fragt seine Mum entsetzt.

»Natürlich nicht. Wäre dem so gewesen, hätte ich Eve davon abgeraten.«

Jetzt ist es an seiner Mutter, scharf die Luft einzuziehen. Oh je, ich glaube, das artet hier noch in einen ausgewachsenen Familienstreit aus.

»Mrs. Cooper, ich habe Sie angerufen, weil ich der Meinung war, Sie würden Weihnachten vielleicht ebenfalls gerne mit ihrem Sohn verbringen. Oder zumindest mit ihm auf seinen Erfolg anstoßen«, sage ich, bevor es wirklich noch so weit kommt und wir die Messer wegräumen müssen.

Neugierig sehen seine Eltern Jared an. Seine Schwester hingegen hält sich eine Hand vor die Augen, als würde sie das, was gleich kommt, lieber nicht sehen wollen.

»Was meint sie damit, Jared?«, fragt sein Dad mit einer Mischung aus Neugierde und Misstrauen in der Stimme.

»Nichts, was euch interessieren würde. Wir waren gerade in Aspen und konnten die Hartman Group als Partner für unsere Drinks gewinnen.«

Meine Eltern schnappen nach Luft. Mum, die neben mir sitzt, greift nach meiner Hand und tätschelt sie erfreut. Ich habe ihnen vor meiner Abreise von dem Projekt erzählt. Jedoch traut sich keiner der beiden, irgendetwas zu sagen. Alle Augen sind auf Mr. und Mrs. Cooper gerichtet. Also bis auf die von Sarah, Jareds Schwester, die mittlerweile verlegen zur Seite sieht.

»Ich dachte schon, du wärst endlich zur Vernunft gekommen und hättest den Beruf gewechselt. In diesem Fall wäre die Einladung von Ms. Anderson tatsächlich angemessen gewesen.«

»Mutter«, stößt Jared aus.

Doch als diese ihn nur hochnäsig anstarrt, anstatt eine Entschuldigung zu äußern, steht er ohne ein weiteres Wort von seinem Stuhl auf. Ich habe keine Ahnung, wie ich reagieren soll. Die Stimmung im Wohnzimmer ist derart angespannt, dass ich meine Eltern nicht mit diesen beiden Leuten alleine lassen will. Andererseits möchte ich auch Jared nicht das Gefühl geben, ihn hintergangen zu haben. Denn schön langsam dämmert es mir, dass meine Idee ganz und gar nicht so glänzend war, wie ich es mir gedacht habe.

Bevor ich mich entscheiden kann, was ich nun tun soll, kommt Jared zurück zu uns. In seiner Hand der Koffer, den er vor wenigen Stunden ins Haus gebracht hat.

»Paula, Christopher, ich möchte mich bei euch für eure Gastfreundschaft bedanken. In Anbetracht der Umstände nehmt ihr es mir hoffentlich nicht übel, wenn ich jetzt lieber gehe.«

Ohne eine Antwort abzuwarten, oder sich auch von mir zu verabschieden, verlässt er das Haus. Die Tür knallt hinter ihm zu.

»War das denn wirklich notwendig?«, bringt meine Mum den Mut auf, Jareds Eltern zu fragen.

»Ich weiß nicht, was Sie das angehen sollte. Sie sollten sich lieber um ihre eigene Tochter kümmern. Immerhin arbeitet sie für meinen Sohn und ist damit kein Stück besser als er. Im Gegenteil. Jared verdient mit diesem Mist wenigstens gutes Geld«, erwidert Mrs. Cooper scharf.

Damit platzt meinem Vater nun endgültig der Kragen. Wütend springt er von seinem Stuhl auf.

»Ich möchte Sie doch bitten, Mrs. Cooper. Unsere Tochter ist eine anständige Frau, mit einem soliden Job, den sie noch dazu hervorragend macht, wenn man ihrem Sohn Glauben schenken kann.« Seine Stimme ist laut und bestimmt.

Als auch Mr. Cooper sich zu Wort melden will, schreitet Sarah ein.

»Mum, Dad. Ich denke, wir sollten die Gastfreundschaft der Andersons nicht überstrapazieren. Es ist wohl das Beste, wenn wir jetzt gehen«, sagt sie, während sie ihre Eltern bereits hinauskomplimentiert.

Nachdem die beiden sicher im Wagen verstaut sind, kommt Jareds Schwester noch einmal zurück.

»Es tut mir wirklich, wirklich leid. Ich möchte mich bei euch allen für das Benehmen meiner Eltern entschuldigen. Sie sind halt sehr eigen, was die Berufswahl ihres Sohnes angeht. Auch wenn ich ihre Einstellung weder teile, noch verstehen kann. Ich würde mich sehr freuen, wenn wir in Kontakt bleiben und du mich mal anrufst, Eve«, sagt sie abschließend zu mir und überreicht mir eine Visitenkarte.

Als wir wieder zurück im Haus sind, setze ich mich wieder an meinen Stuhl und vergrabe das Gesicht in meinen Händen.

»Ich habe alles ruiniert«, sage ich irgendwann unter Tränen.

»Ach, Schätzchen. Du kannst doch nichts dafür«, versucht mich, Dad zu beruhigen.

»Doch. Ich habe sie eingeladen. Dabei wollte ich nur, dass Jared und seine Eltern wieder zusammenfinden. Er hat mir so leidgetan, als er mir von ihnen erzählt hat. Ich hätte ihm glauben müssen, als er gesagt hat, dass die Diskrepanzen nicht mit einem Gespräch aus der Welt zu schaffen sind.«

Mum streichelt mir sanft über den Kopf.

»Das konntest du nicht wissen. Du hast es nur gut gemeint. Auch ich hätte nicht damit gerechnet, dass es solche Eltern wirklich gibt. Hast du gesehen, wie abschätzig sie mein Essen beäugt haben?«

Ich hebe meinen Kopf und sehe meine Mum entschuldigend an.

»Es tut mir leid, dass ich Heiligabend verdorben habe.«

»Das hast du doch nicht. Im Gegenteil. Du hast uns gezeigt, wie gut wir es als Familie haben.«

Sie nimmt mich in den Arm und ich fühle mich schon ein kleines bisschen besser. Zumindest bis mir Jared wieder einfällt, der jetzt an Heiligabend ganz alleine unterwegs ist. Und schon wieder von seinen Eltern enttäuscht wurde. Wegen mir.

25

JARED

Verflucht!

Mit beiden Händen schlage ich auf das Lenkrad meines Wagens ein. Ich bin eine gute Stunde unterwegs, als der Zorn langsam verblasst, und die Erkenntnis auf mich niederprasselt. Ich hätte das nicht tun dürfen. Einfach so zu gehen, ohne mit Eve zu sprechen, war eine kindische Trotzreaktion und steht in keinem Verhältnis zu dem, was sie getan hat. Obwohl es eine saublöde Idee von ihr war, einfach meine Eltern einzuladen, ohne vorher mit mir darüber zu reden, weiß ich doch, dass sie es nur gut gemeint hat.

Jemand wie Eve kann sich nun einmal nicht vorstellen, dass es Menschen wie Mum und Dad überhaupt gibt. Eltern, die ihr Kind immer nur kritisiert haben, und auf nichts stolz sein können. Kein

Wunder, Paula und Christopher sind auch das krasse Gegenteil von meiner Familie. Meine Schwester ausgenommen.

Wieso Sarah bei der ganzen Sache mitgespielt hat, und Eve diesen Unfug nicht von Anfang an ausgeredet hat, weiß der Himmel. Wobei ... Natürlich wünscht auch sie sich, dass das Verhältnis zu meinen Eltern endlich besser wird. Aber sie hat ebenfalls keine Ahnung, wie es mir geht. Sie ist jünger als ich. Und ein Mädchen. Auch wenn das sexistisch klingen mag, so haben Mum und Dad nicht die gleichen Erwartungen an sie, wie an mich. Wenn Sarah irgendwann einmal einen reichen Kerl heiratet, sind sie zufrieden. Hier könnte es nur Ärger geben, sollte sie sich einen Typen aussuchen, der in den Augen unserer Eltern nicht standesgemäß ist.

Ach, wie ich diese veraltete Einstellung hasse. Als ob jemand, der nicht mit einem reichen Elternhaus gesegnet ist, ein schlechterer Mensch wäre. Denn ja, selbst wenn Sarah einen Milliardär mit nach Hause bringen würde, käme er nicht aus gutem Hause, hätte auch er es schwer. Je nachdem, womit er sein Geld gemacht hat. Aber auch sogenannte Neureiche passen Evelyn und Harold eben nicht in ihr Bild einer perfekten Welt.

Doch welche Probleme vielleicht irgendwann einmal auf meine Schwester warten, tut jetzt im

Moment nichts zur Sache. Viel eher sollte ich mir überlegen, wie ich das mit Eve wieder geraderücken kann. Verdammt, ich habe ihr das Weihnachtsfest verdorben. Dabei liebt sie ausgerechnet diese Jahreszeit doch so sehr.

Während ich mich immer weiter von Eves Elternhaus entferne, beginnt es zu schneien. Die dicken Schneeflocken tanzen im Licht der Straßenlaternen. Bei diesem Anblick wird die Sehnsucht nach der Frau, der ich in den letzten Tagen so nahegekommen bin, immer größer. Sie wäre sicher begeistert von einem gemeinsamen Spaziergang in der stille der Nacht, während der Schnee auf unsere Nasenspitzen fällt.

Meine Güte, jetzt werde sogar ich schon zu einem gefühlsduseligen Weihnachtsfanatiker. Aber mit Eve zusammen bin ich das gerne. Doch kann ich ihr wirklich verzeihen, was sie getan hat? Auch wenn sie es gut gemeint hat, hat sie doch hinter meinem Rücken agiert und damit mein Vertrauen missbraucht. Ich meine, sie hat meine Eltern an Weihnachten zu einem Familienessen eingeladen. Verdammt.

Bei dem Gedanken daran kommt doch wieder Wut in mir hoch. Ich bin hin und hergerissen. Einerseits möchte ich Eve nicht verlieren. Andererseits muss sie akzeptieren, dass meine Familie eben anders ist als ihre.

Mein Gedankenkarussell wird von dem Läuten der Freisprecheinrichtung unterbrochen. Ein Blick auf das Display der Mittelkonsole verrät mir, dass es Sarah ist. Für einen Moment lang bin ich geneigt, den Anruf unbeantwortet zu lassen. Immerhin ist sie für dieses Chaos mitverantwortlich. Doch dann siegt doch die Neugierde darüber, was sie mir mitzuteilen hat. Vielleicht geht es um Eve.

»Was willst du?«, schnauze ich sie an.

»Na hör mal. Wenn hier einen Grund hat, sauer zu sein, dann doch bestimmt Eve. Was sollte das? Du kannst doch nicht einfach aufspringen und dich aus dem Staub machen.«

»Du hast gesehen, dass ich es kann.«

»Jetzt komm mir nicht so, Jared. Ja, Mum und Dad haben sich unmöglich verhalten. Von ihnen erwarte ich auch nicht mehr. Aber von dir? Du hast diese nette Familie einfach mit unseren Eltern allein gelassen, anstatt deine Freundin zu verteidigen. Hast du eine Ahnung, was passiert ist, nachdem du weg warst?«

Ich schlucke hart bei der Vorstellung daran, was vielleicht noch geschehen ist.

»Was?«, frage ich Sarah. Noch immer liegt Wut in meiner Stimme, obwohl ich mittlerweile ein echt schlechtes Gewissen habe.

»Sie sind auf Eve losgegangen. Haben sie hingestellt, als wäre sie ein kleiner Nichtsnutz, weil sie für dich arbeitet, und dabei noch nicht einmal Kohle macht.«

»Scheiße«, entfährt es mir und ich wende mit quietschenden Reifen den Wagen.

»Das kannst du laut sagen. Um ehrlich zu sein, würde ich es verstehen, wenn Eve nach den Feiertagen nicht mehr zurück ins Büro kommt. Nach allem, was sie sich hat anhören müssen.«

Und in diesem Moment wird mir bewusst, wie sehr es mich verletzen würde, sie zu verlieren. Die Wut, die mich von ihr weggetrieben hat, richtet sich nun nur noch gegen mich selbst. Sarah hat recht. Ich hätte für sie einstehen müssen. Wie konnte ich nur so dumm sein, und sie alleine mit meinen Eltern zurücklassen? Nachdem sie schon über das liebevoll eingerichtete Heim der Andersons die Nase gerümpft haben, war es klar, dass sie früher oder später auch auf Eve herumhacken würden. Das hat sie nicht verdient. Wenn ich sie deswegen verliere, ist auch das letzte Fünkchen Hoffnung, jemals wieder ein normales Gespräch mit meinen Eltern zu führen, zunichtegemacht.

»Ich muss jetzt Schluss machen, Sarah«, sage ich und lege auf.

Bevor ich den Andersons noch einmal unter die Augen trete, sollte ich mir besser überlegen, was ich zu meiner Verteidigung vorbringen will. Denn unter keinen Umständen möchte es mir mit ihren Eltern verderben. Sofern ich das nicht schon längst getan habe. Auch sie haben eine Entschuldigung verdient.

Selbst wenn ich sie nicht angegriffen habe, so hätte ich sie zumindest nicht alleine mit meinen Eltern lassen sollen. So viel Anstand kann man von einem guten Schwiegersohn durchaus erwarten.

26

EVE

Verdammt!

Wie konnte ich nur so dumm sein? Ich dachte wirklich, ich würde das Richtige tun, indem ich Mr. und Mrs. Cooper zu uns eingeladen habe. Den Entschluss dafür habe ich getroffen, nachdem Jared und ich im Whirlpool waren. Als ihn ein Anruf von mir weggelockt hat, ist diese Idee in mir herangewachsen. Nachdem er dann ins Bad gegangen ist und sein Handy am Nachttisch liegengelassen hat, konnte ich einfach nicht widerstehen. Ich habe mir die Nummer von seinen Eltern herausgesucht und sie angerufen. Zu dem Zeitpunkt war er noch nur mein Boss, nicht mein Freund, und ich war mir unsicher, ob ich ihn überhaupt dazu bringen könnte, Weihnachten mit mir und meiner Familie zu verbringen. Doch dann hat sich alles irgendwie gefügt und ich habe es als

Zeichen gesehen, das Richtige getan zu haben. Was für ein verdammt großer Irrtum.

Einzelne Tränen kullern mir die Wangen herab. Ich wische sie weg und versuche, nicht loszuheulen. Ich wollte doch nur die Beziehung zwischen Jared und seinen Eltern verbessern. Niemals hätte ich gedacht, dass sie derart grausam, egoistisch und narzisstisch sein könnten.

Hätte ich mich doch bloß nicht eingemischt. Ich habe damit alles nur noch schlimmer gemacht. Und Jared verloren. Als Freund bestimmt, ob auch als Boss wird sich noch zeigen. Doch ich habe keine großen Hoffnungen, dass er mich noch als seine Assistentin behalten will, nach allem, was ich angerichtet habe. Ich schäme mich dafür. Keine Ahnung, ob ich ihm jemals wieder unter die Augen treten kann.

Ein zaghaftes Klopfen unterbricht meine Gedanken. Ich rapple mich im Bett hoch, in das ich mich verkrochen habe, nachdem die Coopers gegangen waren.

»Herein«, rufe ich und im nächsten Moment lugt meine Mum ins Zimmer.

»Wie geht es dir, Kleines?«, fragt sie, während sie sich neben mich setzt. »Okay, ich nehme die Frage zurück«, sagt sie nach einem kurzen Blick in mein Gesicht und wischt mir über meine tränenfeuchte Wange. Damit ist der Damm endgültig gebrochen und die Tränen fließen.

»Ich habe alles kaputt gemacht«, schluchze ich irgendwann und lehne mich an Mums Brust.

»Ach, Schätzchen. Ich glaube nicht, dass du da noch irgendetwas kaputtmachen konntest. Du hast sie doch erlebt. Dieses Verhalten kam nicht nur aus einer Laune heraus. Jared hatte es bestimmt noch nie einfach mit ihnen. Oder meinst du, eure Beziehung?«, fragt sie und ich nicke unter Tränen, nicht fähig, ein Wort rauszubringen.

»Wenn er dich wirklich liebt, wird er dich deshalb nicht verlassen, Eve. Auch wenn es nicht deine beste Idee war, seine Eltern ohne sein Wissen einzuladen, hast du es doch nur gut gemeint. Das wird ihm bestimmt klar, sobald die erste Wut verraucht ist.«

»Aber … Ich habe sein Vertrauen missbraucht. Er … Er hat mir von ihrem schlechten Verhältnis erzählt. Und … Und … Und ich dumme Kuh habe nichts Besseres zu tun, als sie ausgerechnet an Weihnachten hierher zu bestellen«, bemühe ich mich, zwischen den Weinkrämpfen zu sagen.

Meine Mum streicht mir beruhigend über den Rücken.

»Du hättest das nicht einfach über seinen Kopf hinweg entscheiden dürfen, das stimmt. Aber glaube mir, in ein paar Tagen, wenn ihr normal darüber redet …«

»Ich kann ihm nie wieder unter die Augen

treten«, unterbreche ich sie und schon wieder überkommt mich eine Welle der Trauer.

»Das wirst du müssen, mein Schatz. Immerhin arbeitest du noch für ihn.«

»Ich kündige. Wenn er mir nicht zuvorkommt«, stoße ich aus.

»Ach was … Er wäre ein schlechter Geschäftsmann, wenn er dich wegen dieses Fehltritts kündigen würde. Du bist schließlich eine begabte Assistentin. Soweit ich das verstanden habe, hätte er diesen Deal ohne dich nicht bekommen.«

Das stimmt. Irgendwie. Heißt aber deswegen noch lange nichts. Trotzdem beruhige ich mich langsam. Ich umarme meine Mum und bedanke mich für ihre tröstenden Worte.

»Du kannst jetzt ruhig zu Dad gehen. Es geht mir gut. Macht ihr euch noch einen schönen Abend. Ich werde mich hinlegen, wenn das in Ordnung ist.«

»Natürlich. Und wenn du irgendetwas brauchst, wir sind für dich da.«

»Danke.«

Nachdem meine Mum die Tür hinter sich geschlossen hat, krame ich mein Handy hervor. Kein Anruf und keine neue Nachricht. Enttäuscht überlege ich, ob ich Jared anrufen soll. Mein Finger schwebt bereits über seinem Namen, als ich es mir doch anders überlege. Mum hat recht. Ich sollte ihm Zeit geben, bis die erste Wut verraucht ist. Jetzt mit ihm zu reden, würde vermutlich ohnehin nichts bringen. Oder die Sache nur noch schlimmer machen.

Auch wenn es mir schwerfällt, lege ich das Telefon wieder beiseite. Stattdessen lasse ich mich zurück ins Bett fallen, starre auf die Decke und denke nach, bis mir irgendwann die Augen zufallen und ich in einen traumlosen Schlaf sinke.

27

JARED

Es ist schon spät, als ich Eves Elternhaus endlich erreiche. Als ich an der Türe ankomme, zögere ich deshalb einen kurzen Moment. Doch dann klopfe ich entschieden an. Egal, was jetzt passiert, ich muss es zumindest versucht haben. Nie könnte ich es mir verzeihen, einen Rückzieher zu machen und nicht um Eve gekämpft zu haben. Auch wenn ich verstehen würde, dass sie mich nach meinem plötzlichen Abgang nicht mehr sehen will.

Es dauert ein paar Sekunden, die sich wie eine Ewigkeit anfühlen, bis die Türe geöffnet wird und ich mich Christopher gegenüberstehen sehe. Mit gerunzelter Stirn sieht er mich an, ohne ein Wort zu sagen.

»Mr. Anderson, Christopher ...«, stottere ich vor mich hin. Doch dann nehme ich mir ein Herz. Ich muss das jetzt einfach durchziehen. »Es tut mir aufrichtig leid. Das Verhalten meiner Eltern und auch, dass ich einfach gegangen bin und euch hier alleine mit meiner schrecklichen Familie zurückgelassen habe. Das war absolut unangebracht. Ich versichere dir, dass Derartiges nie wieder vorkommen wird. Ich werde mit meinen Eltern sprechen und sie auffordern, sich bei euch zu entschuldigen. Sie müssen einsehen, dass man so nicht mit Menschen umgehen kann. Aber …« Erneut komme ich ins Stocken. Christophers Miene ist unergründlich. Ich habe keine Ahnung, ob er mich irgendwie versteht, oder mir am liebsten eine reinhauen möchte. Da er trotz der kurzen Pause noch immer nichts sagt, spreche ich einfach weiter. »Eve ist mir wichtig. Ich liebe sie. Und ich könnte es nicht ertragen, sie zu verlieren. Ich habe vorhin einfach nicht nachgedacht, und ich würde alles tun, um das wieder gut zu machen.«

Jetzt fällt mir tatsächlich nichts mehr ein, was ich noch sagen könnte. Christophers Schweigen macht mich nervös. Doch ich bleibe tapfer stehen und warte auf seine Reaktion. So hart sie auch sein mag.

Er mustert mich genau. Sein Blick ist noch immer ernst. Doch langsam schwindelt sich ein Lächeln auf seine Lippen.

»Nun komm schon rein. Hier draußen ist es kalt«, meint er und hält mir die Türe auf.

Verblüfft trete ich ein.

»Was? Dachtest du, ich würde dich mitten in der Nacht wegschicken?«

Nein. Um ehrlich zu sein, dachte ich, er würde auf mich losgehen. Zu Recht. Und wenn er mir schon kein blaues Auge verpasst, so hätte ich zumindest mit einer Standpauke gerechnet. Aber vielleicht kommt die noch. Bevor ich auf seine Frage reagieren kann, spricht er weiter.

»Ich weiß, wie es ist, von der Person, die man liebt, überrumpelt zu werden«, sagt er mit einem Schmunzeln im Gesicht. »Auch wenn gute Absichten dahinter liegen, muss man das auf den ersten Blick nicht gleich erkennen.«

Damit trifft er den Nagel auf den Kopf. Erst als meine Wut etwas verraucht war, wurde mir klar, dass Eve nur Gutes im Sinn hatte, als sie meine Eltern eingeladen hat.

»Meine Eltern bringen mich leider öfter dazu, irrational zu handeln. Aber ja, ich war von dieser Aktion einfach vollkommen überrumpelt. Was keine Entschuldigung für mein Verhalten ist. Ich hätte hierbleiben und mit Eve darüber reden sollen«, sage ich kopfschüttelnd. Ich kann immer noch nicht glauben, dass ich die Beziehung zu dieser Frau so leichtfertig aufs Spiel gesetzt habe.

In dem Moment kommt Paula ins Zimmer. Sie dürfte unser Gespräch von der Treppe aus verfolgt haben.

»Ihr Kinder. Macht euch viel zu viele Gedanken. Eve glaubt, sie ist schuld daran, während du dein Verhalten bereust. Wenn ihr uns ältere Generation nicht hättet, wüsste ich nicht, wie ihr jemals zueinanderfinden würdet«, sagt sie und lächelt dabei.

»Glaubt ihr, sie wird mir verzeihen?«, frage ich vorsichtig. Immerhin bin ich mir noch nicht einmal sicher, dass ihre Eltern mir vergeben haben.

»Natürlich wird sie das«, meint ihre Mum sofort. »Du kannst nichts für das Verhalten deiner Eltern. Dein einziger Fehler war, zu gehen, anstatt Eve zu verteidigen. Aber das kann dir nun wirklich niemand vorhalten, nachdem sie dich mit ihrer Überraschung vollkommen überrumpelt hat.«

»Nur sieh zu, dass sowas nicht noch einmal vorkommt, Junge«, kommt nun doch ein strenges Wort von Christopher.

»Das wird es nicht. Versprochen«, beeile ich mich, zu sagen. »Ich hätte da noch eine Bitte … Oder vielmehr eine Frage«, spreche ich weiter.

Mit hochgezogenen Augenbrauen sehen mich Paula und Christopher neugierig an.

»Ich kenne Eve schon sehr lange. Sie ist eine wertvolle Mitarbeiterin. Vor Kurzem habe ich auch erkannt, was für ein wundervoller Mensch sie privat ist … Ich …« Ich seufze auf, suche nach den richtigen Worten. Aber nichts kann auch nur ansatzweise die Gefühle beschreiben, die ich für Eve empfinde. »Ich habe mich unsterblich in eure Tochter verliebt«, sage ich schließlich.

Eves Eltern sehen zuerst mich und dann einander an. Ein Lächeln zeichnet sich auf ihren Gesichtern ab. Dabei habe ich noch gar nicht gesagt, worauf ich eigentlich hinaus will.

»Ich möchte nicht, dass auch nur noch ein weiterer Tag vergeht, an dem Eve an meinen Gefühlen für sie zweifelt. Wenn ihr uns euren Segen gebt, würde ich sie gerne fragen, ob sie meine Frau werden will.«

Paula schlägt sich eine Hand vor den Mund. Tränen stehen ihr in den Augen. Auch Christopher scheint gerührt zu sein, wenn auch nicht so offensichtlich wie Eves Mum. Sie sieht ihren Mann an, um ihm zu signalisieren, dass er für sie sprechen soll. Christopher lässt sich mit seiner Antwort Zeit.

»Wenn es dir wirklich Ernst mit ihr ist ...«

»Das ist es auf jeden Fall, Sir«, beeile ich mich, zu sagen, und ernte dafür einen strengen Blick, weil ich ihn unterbrochen habe. Ich sehe ihn entschuldigend an und habe nicht vor, das noch einmal zu tun.

»Also, wenn es dir wirklich Ernst ist und Eve das ebenfalls möchte, dann sollt ihr unseren Segen haben«, sagt er mit ernster Miene und mustert mich dabei aufmerksam.

»Jetzt hör schon auf. Du machst dem Jungen noch Angst«, mischt sich Paula lachend ein und kommt auf mich zu. »Komm her.« Sie nimmt mich in den Arm und drückt mich ganz fest.

Im ersten Moment weiß ich gar nicht, wie ich mit dieser Situation umgehen soll. Ich bin so herzliche Gesten von anderen Menschen als meiner Schwester oder Frauen, mit denen ich zusammen war, nicht gewohnt. Doch nach der ersten Schrecksekunde lasse ich mich darauf ein und erwidere die Umarmung.

Eves Dad belässt es bei einem wohlgemeinten Schulterklopfer und schenkt mir jetzt wenigstens ein aufmunterndes Lächeln.

»Eve schläft schon. Ich denke, es ist in Ordnung, wenn du einfach in ihr Zimmer gehst und dich dort hinlegst«, sagt Paula irgendwann und ich bin unglaublich erleichtert, diese Sache ohne weitere Komplikationen hinter mich gebracht zu haben.

Es hätte schließlich auch anders ausgehen können. So wie meine Eltern diese Menschen behandelt haben, hätte ich es ihnen nicht verdenken können, wenn sie mich zum Teufel gejagt hätten. Aber sie scheinen wirklich ganz anders zu sein als Mum und Dad.

Nicht auszudenken, wie sie reagiert hätten, wäre Eve an meiner Stelle zu ihnen gekommen und hätte um ihre Erlaubnis gebeten, mich zu heiraten. Sie hätten sie vermutlich hochkant rausgeworfen. Nicht ohne sie vorher noch ausreichend zu beleidigen. Aber zum Glück haben meine Eltern in dieser

Angelegenheit nichts zu melden. Auch wenn sie sich noch so sehr dagegen wehren, ich werde Eve heiraten. Die einzige, die jetzt noch davon überzeugt werden muss, ist meine zukünftige Frau. Aber da werde ich mir etwas Besseres einfallen lassen, als sie im Halbschlaf mit meiner Frage zu überfallen.

28

EVE

Als ich am nächsten Morgen aufwache, dauert es einen kurzen Augenblick, bevor mir die Geschehnisse des letzten Abends wieder einfallen. Am liebsten würde ich mich umdrehen und weiterschlafen, bis es nicht mehr so wehtut, Jared verloren zuhaben. Da das allerdings ewig dauern könnte und außerdem meine Eltern bestimmt schon mit dem Frühstück auf mich warten, rapple ich mich doch hoch.

Ich will den ersten Fuß auf den Boden setzen, als ich etwas Weiches spüre. Um nicht zu stolpern, mache ich das Licht an und sehe Jared, der neben meinem Bett auf dem harten Fußboden liegt. Ich dürfte ihn geweckt haben, denn er sieht mich aus verschlafenen Augen an, ein Strahlen im Gesicht.

»Guten Morgen«, sagt er, als wäre es das

Normalste der Welt, in meinem alten Kinderzimmer neben meinem Bett zu schlafen.

Doch meine Antwort ist auch nicht viel geistreicher.

»Guten Morgen«, kommt es mir zögernd über die Lippen, bevor ich realisiert habe, was passiert ist. Jared ist hier. Bei mir. Er ist noch einmal zurückgekommen.

»Es tut mir so leid. Ich hätte dich nicht derart überrumpeln dürfen. Deine Eltern hierher einzuladen, war die dümmste Idee, die ich je hatte. Aber ich habe es doch nur gut gemeint. Ich dachte, wenn ihr euch erst einmal gegenübersteht, an Weihnachten, dann wird eines das andere ergeben und ihr werdet euch wieder verstehen. Ich wollte dein Vertrauen nicht missbrauchen«, plappere ich vor mich hin, bis Jared aufsteht, sich neben mich aufs Bett setzt und mir einen Finger auf meine Lippen hält, damit ich endlich aufhöre zu reden.

»Du kannst nichts dafür, Eve. Ich weiß, dass du keine bösen Absichten hattest. Mir tut es leid. Es war nicht in Ordnung, einfach zu gehen und euch mit meinen Eltern zurückzulassen. Ich hätte mit dir reden müssen. Kannst du mir verzeihen?«, fragt er mich und ich kann mein Glück kaum fassen.

Er ist nicht böse auf mich. Und er dürfte sich sogar genauso viele Gedanken darüber gemacht haben, ob ich auf ihn sauer sein könnte. Dabei war ich das keine Sekunde lang.

»Es gibt nichts zu verzeihen. Deine Reaktion war vollkommen verständlich«, erwidere ich und falle ihm in die Arme.

»Also ist zwischen uns wieder alles gut?«

»Auf jeden Fall«, strahle ich ihn an.

»Wenn das so ist ... Wie hellhörig sind diese Wände?«, fragt Jared mich mit einem verruchten Grinsen, ehe er seine Lippen auf meine senkt.

Sofort meldet sich mein Unterleib zu Wort. Wie es aussieht, ist es dem vollkommen egal, ob meine Eltern irgendetwas hören könnten. Er verzehrt sich nach diesem Mann und kann keine Sekunde länger warten. Wie es aussieht, braucht Jared mich nur berühren und ich schmelze dahin. Mein ganzer Körper steht bereits in Flammen.

Ich knöpfe sein Hemd auf und lecke mir voller Lust über die Lippen, als ich seinen nackten Oberkörper sehe. Doch ich will noch mehr. Geschickt öffne ich seinen Gürtel und den Reißverschluss seiner Hose. Als ich mit der Hand hineinfahre, begrüßt mich ein bereits harter Schwanz. Zufrieden lächle ich.

»Was hast du erwartet? Du machst mich eben heiß«, ist Jareds lachender Kommentar dazu.

Doch als ich seine Erektion fest packe, wechselt sein Gesichtsausdruck und zeigt Überraschung und Erregung im gleichen Maß.

Während ich seinen Schwanz mit meiner Hand massiere, entledigt Jared mich meines Pyjamaoberteils und saugt genüsslich an meinen Nippeln. Als er zubeißt, schießt ein Blitz direkt in meinen Unterleib. Ich werfe meinen Kopf zurück und stöhne laut auf.

Das dürfte Jared wohl als Zeichen sehen, mir noch mehr zu geben. Während sich sein Mund weiterhin mit meinen Brüsten beschäftigt, bahnt seine Hand sich ihren Weg unter meinen Slip. Gekonnt liebkost er meine Klit, bevor er schließlich weiter nach unten gleitet und mit zwei Fingern gleichzeitig in mich eindringt. Den Lustschrei, der mir entkommt, dämpft Jared mit seinen Lippen.

Er beugt meinen Oberkörper sanft nach unten, sodass ich von seiner Erektion ablassen muss und auf dem Rücken zu liegen komme.

»Bist du bereit für mich, Baby?«, fragt er mich und ich antworte ihm mit einem lustvollen Winseln.

Rasch zieht er sich ein Kondom über, bevor er seinen Schwanz vor meinem Eingang positioniert. Jared beugt sich über mich und senkt seine Lippen auf meine. Während seine Zunge sich ihren Zugang in meinen Mund sucht, dringt er vorsichtig in mich ein. Alleine aufgrund dieses fabelhaften Gefühls hätte ich es nicht verschmerzen können, wäre Jared gestern für immer gegangen. Es fühlt sich an, als wären unsere Körper füreinander geschaffen, als er schließlich vollends in mich abtaucht.

Quälend langsam bewegt er sich in mir,

während unsere Zungen miteinander spielen. Meine Brüste pressen sich gegen seine, ich wölbe ihm meine Taille immer mehr entgegen, weil ich diese Sanftheit nicht länger aushalte. Es bringt mich um den Verstand, Jared so zu spüren. Gleichzeitig ist es so viel intensiver, als mit hektischen, harten Stößen genommen zu werden.

»Schneller«, bettle ich, weil ich dem Höhepunkt immer näher komme.

Doch Jared behält sein Tempo bei. Unglaublich zärtlich küsst er mich, streichelt abwechselnd meine Taille und meine Brüste, was eine Gänsehaut auf meinem Körper auslöst und versenkt sich Stück für Stück in mich. Das macht er so lange, bis ich mit dem heftigsten Orgasmus komme, den ich jemals hatte. Jared liebkost meinen Körper so lange mein Höhepunkt andauert. Erst als die mächtige Welle mich vollkommen überrollt hat, und ich langsam wieder zu mir komme, werden seine Stöße kräftiger, sein Rhythmus schneller.

Ich wusste nicht, wozu ich im Stande bin, bis dieser Mann ein erneutes Feuer in mir entfacht. Wild und ungestüm bewege ich mich mit ihm im Einklang. Wir reiten gemeinsam dem nächsten erlösenden Orgasmus entgegen. Zuerst kommt Jared und diesmal bin ich es, die seinen Lustschrei mit einem Kuss unterdrücken muss. Doch als sein Schwanz in Folge des Höhepunkts tief in mir pocht, ist es auch um meine Beherrschung dahin. Zum zweiten Mal an diesem Morgen bleibt die Welt stehen und ich bäume mich auf. Jared hält mir eine Hand vor den Mund, um die Laute, die daraus hervorkommen, zu dämpfen.

»Das war …«, sage ich atemlos.

»Erst der Anfang«, vollendet Jared meinen Satz und küsst mich liebevoll auf die Lippen.

Wir liegen eine Weile einfach nur nebeneinander, halten uns im Arm und streicheln uns, bis mir meine Eltern wieder einfallen.

»Wissen Mum und Dad, dass du hier bist?«, frage ich, plötzlich aufgescheucht.

»Natürlich. Wer hätte mich denn sonst ins Haus lassen sollen«, erwidert Jared lachend.

Auch wieder wahr.

»Aber warum habt ihr mich nicht geweckt?«

»Damit du gar keinen Schlaf vor dem großen Tag bekommst?«, fragt er mich schmunzelnd, woraufhin ich ihm einen Klaps auf die Schulter gebe.

»Na gut. Vielleicht hast du recht. Da ich jetzt ausgeschlafen bin, würde ich sagen, wir gehen ins Badezimmer und danach zum Frühstück hinunter. Meine Eltern warten bestimmt schon auf uns.«

»Zu einer gemeinsamen Dusche sage ich nicht Nein. Was deine Eltern betrifft, nehme ich an, sie sind uns nicht böse, wenn wir uns verspäten.«

Da ich nach dem Vorschlag mit der Dusche

nicht mehr richtig zugehört habe, übergehe ich auch die äußerst seltsame Bemerkung über Mum und Dad. Stattdessen ziehe ich Jared hinter mir her, um diesen heißen Körper auch noch nass genießen zu können.

29

JARED

Der Weihnachtsmorgen bei den Andersons verläuft genauso, wie man es sich vorstellen würde. Zumindest, wenn man ihn mit einer Familie verbringt, die sich wirklich nahe steht. Es gibt nicht nur ein üppiges Frühstück mit Pancakes, Waffeln, Eiern, Speck, und was man sich sonst noch so vorstellen kann, sondern auch jede Menge Geschenke. Obwohl Eve mir vor gar nicht allzu langer Zeit eine Predigt darüber gehalten hat, wie wenig es bei Weihachten um die Päckchen unter dem Baum geht, lässt man es sich in dieser Familie trotzdem nicht nehmen, dem anderen eine Freude zu machen.

Zu meinem Bedauern kann ich zu dieser Idylle nichts beisteuern. Die Zeit zwischen Aspen und Weihnachten war viel zu knapp, um noch Geschenke zu besorgen. Zudem hätte ich ohnehin keine Ahnung gehabt, was ich Paula und Christopher schenken sollte. Ich kannte sie schließlich noch nicht. Und wie es aussieht, bekommt man hier Geschenke, über die man sich im Vorfeld viele Gedanken gemacht hat. Langsam aber sicher beginne ich, zu verstehen, was Eve an Weihnachten so besonders findet.

»Leider haben wir kein Geschenk für dich, Jared«, entschuldigt sich Paula irgendwann an diesem Morgen bei mir. »Du musst dich langweilen, während wir anderen am Auspacken sind.«

»Aber nein. Ich sehe euch gerne dabei zu. Außerdem wäre es mir unangenehm, wenn ihr etwas für mich hättet, ich aber nichts für euch. Ich habe erst kurz vor unserer Anreise erfahren, dass ich hier sein werde, und ihr wurdet überhaupt in letzter Sekunde überrascht. Ich bin dankbar, hier sein zu dürfen.«

Eves Eltern werfen sich einen verschwörerischen Blick zu, von dem nur wir drei wissen, was er bedeutet.

»Wir sind auch froh, dass du hier bist«, sagen sie, gehen sonst aber zum Glück nicht weiter auf das Thema ein.

Eve soll schließlich nicht mitbekommen, was noch auf sie wartet. Wobei ich auch Paula und Christopher nicht in meinen gesamten Plan eingeweiht habe.

Wir verbringen den restlichen Tag damit, uns

köstlich zu unterhalten und Gesellschaftsspiele zu spielen. Noch so etwas, das ich aus meiner Kindheit nicht kenne. Zwar hat es meiner Schwester und mir nie an Spielsachen gemangelt, doch damit befassen mussten wir uns alleine. Oder mit einer der zahlreichen Nannys, die über die Jahre hinweg auf uns aufgepasst haben. Ein Weihnachtsfest wie dieses gab es bei uns nie. Entweder war mein Vater beruflich unterwegs, oder die Feierlichkeiten wurden so schnell wie möglich über die Bühne gebracht, um sich danach wieder den alltäglichen Dingen widmen zu können. Zwar war auch unser Haus modern geschmückt, aber lange nicht so ausgeprägt, wie es bei den Andersons der Fall ist. Auch einen Baum gab es bei uns. Der wurde aber nicht von der gesamten Familie, sondern von irgendeinem Innenausstatter mit Kugeln behangen. Im Grunde gibt es keine Gemeinsamkeit zwischen den Feierlichkeiten hier und im Hause Cooper.

Nach einem gemütlichen und lustigen Tag geht es am Abend, als die Sonne bereits untergegangen ist, und die Lichtdekorationen in der Stadt besonders gut zur Geltung kommen, ab in den Park. Dort wurde alles weihnachtlich dekoriert. Es gibt kleine Holzhütten, die heiße Getränke, Kleinigkeiten zu Essen, Spielsachen und kitschige Dekogegenstände verkaufen.

Wir haben uns alle eine heiße Schokolade geholt und schlendert gemütlich durch die Grünanlage. Als wir an einem Torbogen aus tausenden von Zuckerstangen vorbeikommen, unter dem schon ein paar Jugendliche für Fotos posieren, ziehe ich Eve in die Richtung. Es ist der perfekte Ort für das, was ich vorhabe.

»Was willst du denn hier?«, fragt sie mich belustigt. »Ich dachte, du hältst nichts von Weihnachten.«

Erst als wir mitten unter dem Torbogen angekommen sind, ziehe ich sie dicht an mich und schaue ihr tief in die Augen.

»Mit dir könnte ich mich an diese Jahreszeit und ihre Eigenheiten gewöhnen«, sage ich und küsse sie unter dem Mistelzweig, der in der Mitte all der Zuckerstangen angebracht ist.

»Du alter Romantiker«, erwidert sie nach einer Weile und will mich weiterziehen, doch ich halte sie zurück.

Fragend sieht Eve mich an.

»Was denn? Willst du Zuckerstangen klauen?«, fragt sie mich, doch ihre Stimme klingt unsicher.

Da gehe ich vor ihr auf die Knie und nehme ihre Hände in meine.

»Eve Anderson …«, beginne ich und sie schlägt sich eine Hand vor den Mund. Oh ja, sie weiß genau, was jetzt kommt. Aber sie hat keine Ahnung, was ich noch vorhabe »Noch nie habe ich so für jemanden gefühlt, wie für dich. Ich kann mich nicht erinnern, dass es jemals jemand geschafft hat, mich so zu überraschen. Mit deiner liebevollen und optimistischen Art hast du es in kürzester Zeit geschafft, mein Herz zu erobern. Ich liebe dich, Eve. Und ich möchte keinen Tag mehr ohne dich verbringen. Solange du an meiner Seite bist, bin ich glücklich. Du hast mich zu einem anderen Menschen gemacht. In nur ... Wie viel? Vier Tagen? Das ist unglaublich. Du bist unglaublich. Deshalb frage ich dich, willst du meine Frau werden?«

Zugegeben, meine Ansprache hätte ich vorher vielleicht etwas üben sollen. Die Gefühle, die ich für Eve empfinde, lassen sich aber auch nur schwer in Worte fassen.

Eve sieht mich erstaunt an. Ihre Augen werden feucht. Als wüsste sie nicht, was sie sagen soll, schweift ihr Blick hinüber zu ihren Eltern, die die Show mit etwas Abstand verfolgt haben. Sie strahlen ihre Tochter an. Das dürfte Zeichen genug sein, um mir eine Antwort geben zu können.

»Ja«, sagt sie klar und deutlich, bevor sie ebenfalls auf die Knie und mir um den Hals fällt.

Wir umarmen und küssen uns und erheben uns erst, als uns die Beine wehtun. Paula und Christopher sind inzwischen bei uns und drücken ihre Glückwünsche aus. Sie umarmen zuerst ihre Tochter und danach mich. Ich will gerade auf etwas antworten, das ihr Dad zu mir gesagt hat, als sich Eve mit einem strengen Blick an mich wendet. Ich befürchte schon, sie hätte es sich anders überlegt.

»Was ist eigentlich mit dem Ring?«, fragt sie mich und ich muss innerlich grinsen.

»Was meinst du?«, erwidere ich verblüfft, als hätte ich keine Ahnung, auf was sie hinaus will.

»Den Verlobungsring. Du kannst mir doch keinen Antrag machen, ohne vorher einen ausgesucht zu haben«, sagt sie und versucht, ernst zu bleiben. Aber ich sehe genau, wie ihre Mundwinkel zucken.

»Du hast doch gesehen, dass ich das kann«, nehme ich sie weiter auf den Arm.

Erst als sie frustriert aufschnauft, erlöse ich sie.

»Habe ich das noch nicht erwähnt? Den kannst du dir gleich selbst aussuchen«, sage ich ihr zu und winke einen Mann herbei, der sich die ganze Zeit über im Hintergrund aufgehalten hat.

Ich habe gestern, noch bevor ich zurück zu dem Haus der Andersons gefahren bin, bei dem Juwelier meines Vertrauens angerufen und ihn gebeten, eine Auswahl seiner schönsten Verlobungsringe hierher bringen zu lassen. Mit dem Versprechen einer guten Entlohnung hat er sich sogar an Weihnachten dazu überreden lassen. Also präsentiert er meiner Verlobten jetzt die schönsten und teuersten Ringe, die es derzeit zu haben gibt.

Mit großen Augen betrachtet Eve die funkelnden Schmuckstücke.

»Die sind doch viel zu teuer«, sagt sie und traut sich kaum, die Ringe zu berühren.

»Denkst du, ich zeige dir Dinge, die ich mir nicht leisten kann?«, erwidere ich mit einem Lächeln. Für diese Frau ist mir nichts zu teuer. Außerdem vergisst sie offenbar, mit wem sie es zu tun hat. Nur weil meine Eltern der Meinung sind, mein Beruf wäre nicht angemessen, heißt das nicht, dass ich nicht trotzdem über genügend Millionen verfüge, die ich ganz nach belieben ausgeben kann.

Nachdem Eve endlich davon überzeugt ist, dass sie wirklich die freie Wahl hat, deutet sie recht schnell auf einen Ring, den auch ich für sie ausgewählt hätte. Er ist recht schlicht gehalten, aus Platin, mit einem einzelnen großen, runden Diamanten.

»Der hier«, sagt sie schüchtern.

Ich nehme ihn aus seiner Verankerung, gehe noch einmal vor Eve auf die Knie, greife nach ihrer Hand, stecke ihr den Ring an und küsse sie an der Stelle, an der nun für jeden sichtbar ist, dass sie zu mir gehört.

»Danke. Der ist unglaublich schön«, sagt sie mit Tränen in den Augen, zieht mich zu sich hoch und küsst mich leidenschaftlich.

Erst nach einer gefühlten Ewigkeit lässt sie von mir ab, dreht sich zu ihren Eltern und präsentiert stolz ihren Verlobungsring. Begleitet von vielen Ohs und Ahs bestaunen ihn Paula und Christopher so angemessen, wie es sich für liebende und stolze Eltern gehört. Einmal mehr bin ich unglaublich froh, bald zu dieser Familie zu gehören.

30

EVE

»Was meinst du, haben wir noch Zeit für einen Gang in den Whirlpool, oder müssen wir schon los?«, fragt mein Mann mich mit einem anzüglichen Grinsen im Gesicht.

»Schwer zu sagen. Denkst du, deine Eltern warten gerne auf uns?«, erwidere ich und muss lachen, als ich Jareds Gesichtsausdruck sehe.

»Okay, dann gehen wir lieber.«

Es ist genau ein Jahr vergangen, seit er mir den Heiratsantrag gemacht hat. Gestern haben wir uns endlich im Kreise unserer Familie das Jawort gegeben. Eigentlich möchte man meinen, wir würden jetzt unsere Flitterwochen genießen. Aber wie das nun einmal so ist, wenn man entfernt von zu Hause heiratet und die gesamte Familie eingeladen hat, gibt es auch Verpflichtungen, denen man nachkommen sollte. So wie das Frühstück, zu dem wir uns jetzt gleich treffen sollten.

Wir sind wieder in Aspen, in demselben Resort, in dem wir auch zueinandergefunden haben. Der Cocktail kam derart gut an, dass er mittlerweile das meistverkaufte Getränk in der Hotelanlage ist. Vor allem zu Weihnachten ist er warm serviert eine Wucht. Auch auf unserer Hochzeit hat er nicht gefehlt.

Sogar Jareds Eltern waren davon begeistert, als sie ihn probiert haben. Zumindest soweit die Coopers überhaupt Begeisterung für irgendetwas zeigen können. Das Verhältnis mit seinen Eltern ist noch immer angespannt. Aber immerhin sind mittlerweile normale Gespräche möglich und sie versuchen, ihren Sohn als das zu sehen, was er nun einmal ist. Ein guter Geschäftsmann, fabelhafter Ehemann, geliebter Bruder und ihr ältestes Kind. Auf das sie verdammt noch einmal stolz sein sollen.

Ansonsten sind nur noch meine Eltern, Carrie und natürlich Jareds Schwester hier. Der Kreis der geladenen Gäste ist also tatsächlich sehr klein gehalten. Aber wir wollten es so. Außerdem hätten wir an Weihnachten von niemandem verlangen können, seine Familie im Stich zu lassen, um mit uns zu feiern. Nur meine beste Freundin hat es sich nicht nehmen lassen, trotzdem anzureisen. Sie hat mit ihren Eltern vereinbart, das Fest einfach ein paar Tage später nachzuholen. Carrie wollte nun einmal unbedingt Brautjungfer sein. Und das, obwohl es gar keine Junggesellen auf unserer Feier gab, an die sie sich hätte ranmachen können. Dabei hat sie mich im vergangenen Jahr nicht nur einmal gebeten, sie mit einem von Jareds reichen Freunden bekannt zu machen.

»Das war eine wundervolle Feier«, begrüßt uns Mum, als wir in dem Saal ankommen, indem das Frühstück für uns aufbereitet wurde.

»Danke«, sage ich schlicht, dabei liegt so viel in diesem einen Wort.

Es ist nicht selbstverständlich, dass meine Eltern einer Hochzeit zu Weihnachten, weit weg von zu Hause, zugestimmt haben. Natürlich ist es meine Feier, aber trotzdem gehen die Feiertage uns alle an. Und ja, wir hätten uns auch eine andere Zeit aussuchen können, um zu heiraten. Aber irgendwie ist Weihnachten seit letztem Jahr eben unser Ding. Wir haben uns kurz davor lieben gelernt, ich habe den Heiratsantrag am Weihnachtsmorgen bekommen … Da war es nur eine logische Schlussfolgerung uns an diesem Tag das Jawort zu geben.

»Einen tollen Drink hast du da kreiert, mein Sohn«, bewundert mein Dad den Cocktail, den Jared vor über einem Jahr entwickelt hat und macht einen großen Schluck davon. Adam Hartman hatte die Idee, auch eine antialkoholische Version davon anzubieten und wie man sieht, kommt sie gut an. Mein Vater lässt sich außerdem seit unserer Verlobung nicht mehr davon abbringen, Jared als seinen Sohn zu bezeichnen. Er meint, entweder müsse er trauern, weil er seine einzige Tochter verliert, oder er sieht es positiv und gewinnt eben einen Sohn dazu. Wobei meine Eltern niemals Angst haben müssten, mich zu verlieren.

Jareds hingegen haben sich ganz schön ins Zeug legen müssen, um überhaupt bei unserer Hochzeit dabei sein zu dürfen. Mein Ehemann wollte ihnen ihre unverschämte Art, die sie bei ihrem ersten Besuch bei meinen Eltern an den Tag gelegt haben, erst nicht verzeihen. Lange hat er sich geweigert, ans Telefon zu gehen, wenn sie angerufen haben. Doch Sarah und ich haben uns einen Plan überlegt, wie wir die Streithähne etwas näher aneinander bringen können.

Seine Schwester hat Jared unter einem Vorwand in ihr Elternhaus gelockt, wo Mr. und Mrs. Cooper geduldig im Wohnzimmer auf der Couch sitzend gewartet haben. Bei der Vorstellung an die beiden, wie sie brav nebeneinander in ihrem herrschaftlichen Wohnraum sitzen, um mit ihrem Sohn sprechen zu dürfen, muss ich immer noch grinsen. Jedenfalls hat es geklappt.

Jared wollte zwar am Absatz kehrtmachen, als er gesehen hat, dass er in eine Falle gelockt wurde, aber Sarah konnte ihn überreden, sich zumindest anzuhören, was ihre Eltern zu sagen haben. Sie haben sich in aller Form für ihr Verhalten entschuldigt, haben sich angehört, was Jared ihnen zu sagen hatte und gelobten Besserung.

Anscheinend ist ihnen nach unserer Verlobung bewusst geworden, dass sie etwaige Enkelkinder niemals zu Gesicht bekommen würden, wenn sie nicht rasch etwas änderten. Zwar sind wir von Kindern noch weit entfernt, aber es freut mich trotzdem, dass sie sich seitdem bemühen. Mrs. Cooper rümpft zwar noch immer die Nase, wenn sie etwas sieht, das ihren hohen Ansprüchen nicht genügt, aber sie sieht zumindest davon ab, ihre Meinung kundzutun. Außerdem haben sich die beiden auch bei mir und meinen Eltern entschuldigt. Zum Glück sind wir alle samt nicht nachtragend und waren gerne dazu bereit, ihnen noch einmal eine Chance zu geben. Von mir war das klar. Aber dass sogar meine Eltern noch einmal ein Auge zugedrückt haben, zeigt, wie sehr sie hinter Jared und mir stehen.

»Er ist tatsächlich delikat«, überwindet sich nun auch Mr. Cooper zu einem Kompliment. »Vielleicht kannst du so ein Getränk auch für meine Firma kreieren«, fügt er noch hinzu, was fast schon einem Ritterschlag gleichkommt.

Ich grinse innerlich und drücke Jareds Arm, der sich ebenfalls sichtlich über die Aussage seines Dads freut.

»Darüber können wir uns gerne einmal unterhalten«, meint er und ich platze fast vor Glück, weil sich doch noch alles zum Guten gewendet hat. Ich habe den besten Mann an meiner Seite, den man sich nur vorstellen kann, und unser kleines Weihnachtswunder von Aspen hat sogar zwei Familien vereint.

LESEPROBE VON »KEITH: BABYGLÜCK IN LOS ANGELES«

Lilly

Auf einer überfüllten Tanzfläche zu stehen und den Schweiß von wildfremden Menschen auf der eigenen Haut zu spüren, ist das eine. Sich dabei wie Aschenputtel zu fühlen, weil man ausschließlich von Models und Möchtegernschauspielern umgeben ist, kann so richtig gar nichts. Dabei würde ich mich nicht als hässlich bezeichnen. Ich bin einfach nur, nun, durchschnittlich. Auf dem Campus unserer Uni falle ich mit meinen langen, braunen Haaren, den grünen Augen und meiner Sanduhrfigur kaum auf. Aber hier fühle ich mich wie der sprichwörtliche Elefant im Porzellanladen.

Alle um mich herum sind gertenschlank und

haben bereits mindestens eine, wenn nicht gleich mehrere Schönheitsoperationen über sich ergehen lassen. Darauf verwette ich meinen rechten Arm. Wobei, nicht alle. Mel, meine beste Freundin, mit der ich die Frühlingsferien hier verbringe, hat zwar ebenfalls eine Topfigur, aber von ihr weiß ich mit Sicherheit, dass sie noch nie etwas an sich hat machen lassen.

Hier ist übrigens Los Angeles. Ich weiß schon. Ich brauch mich nicht zu wundern, unter welche Menschen ich geraten bin, wenn ich mir ausgerechnet dieses Reiseziel aussuche. Im Grunde stört es mich auch gar nicht. Schließlich bin ich nicht vom Mond und wusste schon vorher, was uns erwarten wird. Eigentlich. Denn wir sind vor allem hierher gekommen, um uns Kalifornien genauer anzusehen, weil wir nach dem Studium die Ostküste verlassen wollen, um uns hier niederzulassen. Immerhin hat dieser Staat noch mehr zu bieten als Hollywood.

Aber da wir schon einmal vor Ort sind, wollte Mel es sich nicht entgehen lassen, einen der angesagten Klubs zu besuchen, in denen man auf Stars und Sternchen treffen kann. Bisher hat sich nur leider kein mir bekanntes Gesicht blicken lassen. Dafür, wie schon erwähnt, umso mehr Möchtegernprominente, deren Schweiß ich nun abbekomme.

Dabei darf ich mich gar nicht beschweren. Die Stimmung in dieser Location ist einzigartig. Die

Party ist in vollem Gange und normalerweise würde ich mich prächtig amüsieren. Normalerweise. Wenn ich mir nicht gar so deplatziert vorkäme. Außerdem hatte ich Lust, auszugehen und ein bisschen zu flirten. Ich bin zwar nicht der Typ Frau, der jede Nacht mit einem anderen Kerl verbringt. Aber ein bisschen Ablenkung während der Ferien hätte nicht geschadet. Nur leider stehe ich nicht so auf aalglatte Modelltypen, die einem Hochglanzmagazin entsprungen sein könnten.

Dementsprechend enttäuscht, um nicht zu sagen angewidert, dürfte auch meine Miene aussehen. Wieso sonst sollte mich Mel gerade mit einem fragenden Blick ansehen?

»Komm schon, Lilly. Wir sind nur einmal jung. Sieh dich doch mal um. Hier ist ein Kerl schnuckeliger als der andere. Du brauchst dir nur einen auszusuchen und zuzugreifen.«

Das Einzige, das sich in meinem Gesicht bei dieser Aussage regt, ist meine Augenbraue, die in die Höhe schnellt.

»Du glaubst doch nicht wirklich, dass ausgerechnet ich diejenige bin, die hier heute jemanden abschleppt? Abgesehen davon, dass ich keinen großen Wert auf einen One-Night-Stand lege.«

»Wieso nicht? Die Kerle werden froh sein, einmal eine richtige Frau ins Bett zu bekommen. Gegen diese Hungerhaken kommst du allemal an, Lilly.«

Ich weiß, sie meint es nur nett. Trotzdem kann ich ihre Meinung nicht teilen. Außerdem gehören immer noch zwei dazu. Und selbst wenn einer dieser Typen mit mir in ein Hotelzimmer gehen wollen würde, hätte ich immer noch kein Interesse daran.

»Vielleicht sollten wir in einen anderen Klub gehen. In einen, der weniger trendy ist. Dort sind dann womöglich auch Männer, die mehr meinem Geschmack entsprechen«, erwidere ich ungerührt.

»Ach, sei doch nicht so wählerisch. Bei dem Angebot hier, kannst du doch wirklich nicht meckern. Schau mal, dort drüben, ist das nicht dieser Schauspieler aus dem Film, der gerade im Kino läuft? Wie heißt er noch mal?«, fragt sie, während sie schon in Richtung der großen Bar deutet.

Auch wenn meine beste Freundin uns hierher gebracht hat, weil sie unbedingt ein paar echte Stars sehen wollte, merkt sie sich doch kaum einen Namen. Ich glaube, ihr geht es eher um die Faszination eine bekannte Persönlichkeit zu treffen, als um irgendeine spezielle Person. Und obwohl ich mit der ganzen Sache überhaupt nichts anzufangen weiß, blicke ich trotzdem in die Richtung, in die sie gerade gezeigt hat.

Kein Star zu sehen. Zumindest keiner, der mir bekannt ist. Oder den ich in diesem Tumult erkennen würde. Ich scanne die Bar ab und bleibe an einem dunklen Schopf hängen. Es ist, als würde die Zeit stehenbleiben, während ich in das wohl schönste Augenpaar blicke, das ich je gesehen habe.

»Wer ist es? Hast du ihn erkannt?«, höre ich Mel wie aus weiter Ferne fragen.

Wahrscheinlich denkt sie, ich hätte ihren angeblichen Celebrity entdeckt. Dabei kommt mir der Mann, mit dem ich in einen intensiven Blickaustausch getreten bin, in keiner Weise bekannt vor. Ich bin nur absolut fasziniert von ihm und seiner Ausstrahlung. Es scheint, als hätte seine Umgebung keinerlei Einfluss auf ihn. Bin ich mittlerweile komplett durchgeschwitzt, während ich nach wie vor von der aufgeregten Menge hin und her gedrängt werde, steht er wie ein wichtiges Monument an seinem Platz an der Bar. Und sieht auch noch so frisch aus, als könne ihm die Hitze hier herinnen nichts anhaben.

»Oh la la«, vernehme ich Mel nun neben mir und werde endlich von ihr aus meiner Starre gerissen. »Da hast du aber ein Sahneschnittchen entdeckt. Komm, mir gehen rüber zu ihm«, sagt sie und zieht mich im nächsten Moment schon an meinem Arm in Richtung Bar.

Ich bin noch derart weggetreten von dem Anblick dieses Mannes, dass ich erst viel zu spät realisiere, was sie vor hat. Ansonsten hätte ich mich längst zur Wehr gesetzt und wäre vermutlich in die genaue Gegenrichtung gelaufen, nur um dem

Zusammentreffen mit diesem Adonis aus dem Weg zu gehen. Warum? Nun, vermutlich weil ich in dem Moment, als ich ihn gesehen habe, wusste, dass ich bei ihm alle Hemmungen fallen lassen würde, sofern er es wollte. Und das ist so gar nicht das, was ich für diesen Ausflug geplant hatte. Auch wenn Mel das offenbar anders sieht.

Keith

Ein geglückter Geschäftsabschluss, der einen echten Meilenstein für unsere Firma bedeutet, ist dafür verantwortlich, dass ich mich zu einem Abend in einem äußerst angesagten Klub habe überreden lassen. Menschen, die auf derartige Veranstaltungen stehen, haben hier auch bestimmt ihren Spaß. Auf der Tanzfläche reiben sich die wohl schönsten Körper von Los Angeles aneinander. Trotzdem bin ich gelangweilt. Vielleicht habe ich einfach schon zu viele Models und Schauspielerinnen flachgelegt, um noch in Begeisterung auszubrechen.

»Tu wenigstens so, als würdest du das hier genießen, Keith«, raunt mir Dean ins Ohr und reicht mir einen Whiskey.

Früher waren wir oft zusammen aus, haben getrunken, bis in die Morgenstunden gefeiert und ja, meist sind wir mit irgendwelchen Frauen nach Hause gegangen. Das war, bevor wir unsere gemeinsame Softwarefirma gegründet haben. Seitdem sind wir verantwortungsbewusste Geschäftsmänner. Anfangs eher gezwungenermaßen, um voranzukommen. Natürlich wäre es uns wesentlich lieber gewesen, weiterhin jeden Abend feiern zu gehen. Aber irgendwann haben wir uns an unsere Positionen gewöhnt. Und heute würde ich diese Bar liebend gerne gegen mein Büro eintauschen.

Vielleicht bin ich erwachsen geworden. Oder es liegt einfach daran, dass ich als erfolgreicher Unternehmer, der noch dazu nicht unattraktiv ist, nur mit dem Finger zu schnipsen brauche, um eine Begleitung für eine Nacht zu bekommen. Zuerst Drinks auszugeben und Smalltalk zu betreiben ist überflüssig geworden.

Meinem besten Freund und Geschäftspartner zuliebe setze ich trotzdem ein Lächeln auf und widme mich wieder den Männern, denen wir diesen Ausflug hier verdanken. Sie haben es verdient. Immerhin sind wir dank ihnen nun um einige Millionen reicher.

»Das ist also das Partyleben von Los Angeles. Wurden Ihre Erwartungen erfüllt?«, frage ich die beiden aus reiner Höflichkeit.

Natürlich sind sie begeistert. Immerhin hat Dean sich für diesen Abend etwas Besonderes einfallen lassen. Das hier ist der wohl exklusivste Treffpunkt all der Stars und Sternchen, denen man in dieser Stadt über den Weg laufen kann. Wenn mich nicht alles täuscht, habe ich beim Eintreten bereits die diesjährige Gewinnerin des Oscars für die beste Hauptdarstellerin gesehen. Für jemanden, der nicht aus Los Angeles kommt, ist das bestimmt beeindruckend.

»Mehr als das«, antwortet mir der Größere der beiden, dem seine Augen herauszufallen drohen.

»Wo nimmt diese Stadt nur all die schönen Frauen her?«, meint der andere und macht eine ausladende Geste mit seiner Hand, die die gesamte Location umfassen soll.

Ich folge seinem ausgestreckten Arm, versuche, nicht die schwammige Ansammlung von Gliedmaßen, sondern einzelne Personen wahrzunehmen. Und da bleibt mein Blick an ihr hängen. Mit ihren attraktiven Kurven, dem langen, braunen Haar und der natürlichen Erscheinung sticht sie aus der Masse der sonst eher hageren und größtenteils blonden Frauen heraus. Sie hat irgendetwas an sich, das mich wie magisch anzieht.

Dumpf nehme ich wahr, wie sich Dean in einem lockeren Plauderton mit unseren neuen Kunden unterhält. Doch ich kann meinen Blick nicht von der Frau auf der Tanzfläche abwenden. Als würde sie spüren, dass ich sie beobachte, sieht sie mir plötzlich direkt in die Augen. Ein Blitz durchjagt meinen Körper und fährt direkt in meinen Schwanz, der sich bereits freudig regt. In diesem

Moment ist klar, dass ich diese Frau heute mit in mein Bett nehmen werde.

Zu meiner freudigen Überraschung muss ich mich noch nicht einmal auf den Weg zu ihr machen. Denn wie es aussieht, zieht ihre Freundin sie geradewegs in meine Richtung. Als es so aussieht, als würde sie an mir vorbeigehen, stelle ich mich ihr in den Weg.

»Du willst doch wohl nicht schon nach Hause gehen?«, frage ich sie mit einem Lächeln auf den Lippen, das bisher noch jede Frau hat schwach werden lassen.

»Nicht, wenn du mir einen Grund bietest, hierzubleiben«, erwidert sie schlagfertig, woraufhin ich sie am Arm packe und auf die Tanzfläche schleife.

Ich habe keine Lust, mich mit Smalltalk aufzuhalten. Keine Sekunde halte ich es länger aus, ohne ihr so nahe wie möglich zu sein. Und da sie vermutlich nicht sofort mit mir in ein Taxi steigen würde, ist ein enger Tanz die zweitbeste Möglichkeit dafür.

Nach nur wenigen Schritten sind wir genau dort angekommen, und ich bemerke, wie sie sich hilfesuchend nach ihrer Freundin umsieht. Kein Wunder, ich habe sie auch ziemlich überrumpelt. Aber das ist mir egal.

»Sie ist in bester Gesellschaft, glaub mir«, raune ich ihr deshalb ins Ohr und vertraue einfach darauf, dass Dean sich um ihre Begleitung kümmern wird.

Tatsächlich hat er schnell gehandelt und reicht

ihr bereits einen Drink. Beruhigt wendet sich die Frau in meinen Armen wieder mir zu. Ihr Lächeln ist atemberaubend. Kurzerhand ziehe ich sie näher an mich heran und wir bewegen uns im Rhythmus der Musik. Währenddessen nehme ich ihren angenehm blumigen Duft wahr, ihre zarte Haut, ihren weichen Körper ... Das halte ich genau einen Song lang durch, bis sich meine Lippen langsam den ihren nähern und wir zu einem welterschütternden Kuss verschmelzen. Das mag kitschig klingen, aber in diesem Moment ist es tatsächlich so für mich. Nach einer gefühlt viel zu kurzen Zeit, lösen wir uns für einen Augenblick voneinander, indem sie mir tief in die Augen blickt und es mir vorkommt, als könne sie bis in meine Seele sehen.

»Wie wär's, wenn wir zu mir fahren, und das hier dort fortsetzen?«, frage ich sie atemlos.

Ein scheues Nicken von ihrer Seite genügt. Erneut ziehe ich sie mit mir mit, direkt auf den Ausgang zu. Alles um uns herum vergessend. Jetzt zählen nur wir zwei. Und das Taxi, das uns auf direktem Wege zu mir nach Hause bringt.

Hier bekommst du den elften Teil der American Millionair's Love Stories: https://zoeywest.com/amls11

KOSTENLOSES E-BOOK

Als kleines Dankeschön, weil du mein Buch gelesen hast, möchte ich dir gerne ein gratis eBook mit einer Kurzgeschichte aus der Reihe der »American Millionair's Love Stories« schenken.

Trage dich dafür einfach unter https://zoeywest.com/start für meinen Newsletter ein.

Aaron: Hochzeit in New Orleans

Was machst du, wenn der Mann, den du damals nicht haben konntest, eine Hochzeit mit dir planen muss?

Jules kann nicht fassen, was ihre beste Freundin von ihr verlangt. Als Brautjungfer soll sie sich wenige Tage vor der Hochzeit um die Vorbereitungen kümmern. Noch nichts ist geplant, dabei werden mehrere hundert Gäste erwartet. Damit aber nicht genug. Als Unterstützung wird ihr ausgerechnet Aaron MacLay zur Seite gestellt. Der Mann, mit dem sie eine gemeinsame Vergangenheit verbindet und den sie eigentlich nie wieder sehen wollte. Kein Wunder also, dass sie absolut genervt ist, sich ausgerechnet als seine Verlobte ausgeben zu müssen.

Aaron hält nicht viel von Hochzeiten. Dass ausgerechnet sein bester Freund nun den Bund fürs Leben eingehen will, geht ihm so richtig gegen den Strich. Aber als er dazu aufgefordert wird, mit der süßen Jules die Hochzeitsvorbereitungen zu übernehmen, nimmt er die Herausforderung gerne an. Er macht sich zwar nichts aus Blumen und Torten, aber gegen ein heißes Stelldichein mit der ersten Brautjungfer hat er nichts einzuwenden. Er kann schließlich nicht ahnen, dass diese paar Tage seine Welt auf den Kopf stellen werden.

Als sie so tun müssen, als wären sie selbst ein Paar, knistert es zwischen Jules und Aaron gewaltig. Können sie ihre Differenzen hinter sich lassen und selbst glücklich werden?

Ich freue mich darauf, mit dir in Kontakt zu bleiben!

Zoey West

BÜCHER VON ZOEY WEST

Die American Millionaire's Love Stories-Reihe

Adam: Heiße Küsse in Sarasota

Was machst du, wenn der Mann, in den du dich unsterblich verliebst, deine Existenz ruiniert?

Adam steht in New Yorks angesagtesten Clubs auf der VIP-Liste. Die meisten davon gehören seinem Dad. Bei Frauen hat er unumstößliche Regeln. Sie bekommen eine Nacht. Nicht mehr und nicht weniger. Von der Verantwortung, die Firma seines Dads zu übernehmen, will er nichts wissen. Er flüchtet nach Florida, wo er als ganz normaler Tourist herausfinden will, was ihm wirklich wichtig ist. Womit er nicht gerechnet hat, ist die kratzbürstige Demi, die sich partout auf kein Date mit ihm einlassen will.

Demi ist verantwortungsvoll, zielstrebig und ehrgeizig. Vor allem, wenn es um ihren Lebenstraum geht: Ein angesagter Kräuterladen in Port Charlotte, Florida. Ihr Ex hat sie genau deswegen verlassen. Aber so einen Mann braucht sie ohnehin nicht in ihrem Leben. Überhaupt braucht sie gar keinen Mann. Sie hat schließlich Henry, ihren Goldfisch, und natürlich ihre beste Freundin Lauren, die gleichzeitig ihre Mitarbeiterin ist. Damit ist sie vollkommen zufrieden. Bis dieser reiche Schnösel in ihrer Stadt auftaucht und ihre Gefühle so richtig durcheinander bringt.

Als Demi Adams Motorrad, seine "heilige" Harley, anfährt und er seine wahre Identität verschweigt, fangen die Probleme erst richtig an.

Hier klicken oder Link aufrufen:

https://zoeywest.com/amls1

Blake: Verliebt in Sarasota

Was machst du, wenn der Mann, dem du dein Herz geschenkt hast, dich hintergeht?

Alicia studiert an der Stanford Universität. Ihr Spezialgebiet: Künstliche Intelligenz. Als sie einen Job auf der heißbegehrten IT-Konferenz ergattert, will sie eigentlich Kontakte knüpfen. Immerhin sind die Größten der Branche anwesend. Doch ihr passiert ein fataler Fehler, als sie ausgerechnet dem Mann den Zutritt verwehrt, der als wichtigste Person der ganzen Konferenz gilt. Aber sie konnte schließlich nicht damit rechnen, dass ein so heißer Typ ein IT-Nerd sein soll. Hoffentlich wird das kein Nachspiel haben.

Blake hatte bereits vor seinem zwanzigsten Geburtstag den ersten Doktortitel in der Tasche. Jetzt führt er in New York sein millionenschweres IT-Unternehmen. Als Ausgleich zu seiner Arbeit, schleppt er reihenweise Frauen ab. Aber den Fehler, sich in eine Beziehung drängen zu lassen, wird er kein zweites Mal machen. Auch nicht für diese süße Studentin, die ihm nicht mehr aus dem Kopf geht, seit er wegen ihr fast seinen Vortrag auf dieser IT-Konferenz in Kalifornien verpasst hätte.

Als Alicia und Blake sich näher kommen, ahnt sie nicht, welche Fäden im Hintergrund gezogen werden.

Hier klicken oder Link aufrufen:

https://zoeywest.com/amls2

Clark: Herzklopfen in New York

Was machst du, wenn der Mann, dem du einfach nicht widerstehen kannst, dein neuer Boss ist?

Kayleigh fängt einen neuen Job bei einer Plattenfirma in New York an. Bereits am ersten Tag legt sie sich, nichtsahnend, um wen es sich handelt, mit ihrem neuen Boss an. Als er bei einem Meeting plötzlich vor ihr steht, kann sie nur hoffen, dass ihr Verhalten kein Nachspiel haben wird. Die Bitte, ihn auf ein Galadinner zu begleiten, kann sie unter diesen Umständen kaum ausschlagen. Doch in seiner Gegenwart fühlt sie sich wie ein unartiges Schulmädchen. Oh, und wie gerne sie unartig wäre.

Clark ist der Boss einer großen Plattenfirma und lebt für seinen Job. Freizeit kennt er nicht. Deshalb bleibt ihm auch nichts anderes übrig, als ausgerechnet seine neue Mitarbeiterin zu dem Galadinner beim New Yorker Bürgermeister mitzunehmen, das seinem Cousin so wichtig ist. Es bleibt ihm nur zu hoffen, dass sie sich dort besser zu benehmen weiß als bei ihrem ersten Zusammentreffen. Damit, dass sie ihm gehörig den Kopf verdreht und damit seine Welt auf den Kopf stellt, hat er nicht gerechnet.

Als sich Job und Gefühle zu vermischen beginnen, müssen Kayleigh und Clark entscheiden, was ihnen wirklich wichtig ist.

Hier klicken oder Link aufrufen:

https://zoeywest.com/amls3

Dylan: Verheiratet in Las Vegas

Was machst du, wenn der Mann, den du zum Schein geheiratet hast, dein Baby nicht will?

Cassandra ist eine hoffnungslose Romantikerin. Sie will heiraten und eine Familie gründen. Doch als sie nach fünf Jahren Beziehung plötzlich verlassen wird, versteht sie die Welt nicht mehr. Ihr bester Freund Tim lädt sie zur Ablenkung nach Las Vegas ein. Am nächsten Morgen wacht sie in einem fremden Bett, ohne jegliche Erinnerung an die vergangene Nacht, dafür aber mit Ehering am Finger auf. Was ihr heißer Ehemann von ihr verlangt, verschlägt ihr die Sprache. Doch sie kann sein unmoralisches Angebot nicht ablehnen.

Dylan ist bekennender Junggeselle. Immerhin ist sein Familienstand für die meisten Aufträge seiner Firma verantwortlich. Nur dieser eine Kunde, den er unbedingt haben will, hält nicht viel von diesem Lotterleben. Deshalb trifft er eine folgenschwere Entscheidung. Als er mit seinem besten Freund nach Las Vegas fliegt, stürzt er sich Hals über Kopf in eine Scheinehe mit der zuckersüßen Cassandra. Der Auftrag ist ihm sicher. Aber seine Gefühle sind es nicht mehr. Wollte er sich doch niemals fest binden.

Als die körperliche Anziehung zwischen den beiden Früchte trägt, beginnt Dylans Kampf gegen seine inneren Dämonen.

Hier klicken oder Link aufrufen:

https://zoeywest.com/amls4

Evan: Liebeschaos auf Hawaii

Was machst du, wenn der Mann, den du reinlegen sollst, deine große Liebe ist?

Seraphina ist Fotografin, die noch immer auf den großen Durchbruch wartet. Sie hält sich mit kleinen Jobs über Wasser, will aber endlich als Künstlerin Fuß fassen. Als sich ihr die Gelegenheit bietet, bei einer Realityshow mitzumachen, nutzt sie die Chance für ihre Karriere. Blöd nur, dass sie dafür ausgerechnet den Mann daten muss, der ihr schon einmal die Sicherheitsleute auf den Hals gehetzt hat. Und das alles nur, weil diese Wahrsagerin behauptet, sie wäre Evan Chambers große Liebe.

Evan ist nicht nur einflussreich und mächtig, sondern auch verdammt reich. Die Fotografin, die ihn mit zwei Damen des horizontalen Gewerbes abgelichtet hat, kann von Glück reden, dass er sie nicht verklagt hat. Er jedenfalls muss seitdem vorsichtig sein und hält sein Liebesleben komplett unter Verschluss. Sonst droht ihm der Zerfall seiner Firma. Sonderlich erfreut ist er also nicht darüber, ausgerechnet mit Seraphina Reed in dieser Realityshow auftreten zu müssen. Sie soll seine große Liebe sein? Nie und nimmer.

Gerade als die beiden beginnen, sich halbwegs zu vertrauen, taucht eine erschütternde Nachricht auf, die alles auf den Kopf stellt.

Hier klicken oder Link aufrufen:

https://zoeywest.com/amls5

Fynn: Wiedersehen in Alaska

Was machst du, wenn der Mann, den du nie wieder sehen wolltest, plötzlich zurückkehrt?

Willow hilft den Bewohnern ihres Heimatstädtchens aus, wo sie nur kann. Zwar kommt dabei ihre Sehnsucht nach der eigenen Selbständigkeit zu kurz, aber dafür hat sie ohnehin viel zu große Angst. Außerdem weiß niemand von der Fernausbildung, die sie schon vor Jahren gemacht hat. Im Grunde ist sie auch ganz zufrieden mit ihrem einfachen Leben und den verschiedenen Jobs. Zumindest bis sie ihre Vergangenheit einholt und aufgrund eines Schneegestöbers nicht wie geplant nach einem Tag wieder verschwindet.

Fynn hat sich nach seinem Studium ein Imperium in Los Angeles aufgebaut. Weit weg von seinem Heimatort in Alaska und der Frau, die einst seine beste Freundin war. Denn diese eine Nacht vor vielen Jahren hat alles verändert. Er konnte nicht bleiben und ist ohne ein Wort des Abschieds gegangen. Jetzt muss er für einen Auftrag zurück nach Seward und nimmt sich vor, keinen Tag länger als nötig zu bleiben. Und sich vor allem von den Bewohnern fern zu halten. Doch bereits bei seiner Ankunft trifft er auf sie.

Als die beiden gerade dabei sind, mit ihrer Vergangenheit aufzuräumen, wird Fynn von seiner Gegenwart eingeholt, die er längst abschütteln wollte.

Hier klicken oder Link aufrufen:

https://zoeywest.com/amls6

~

Grant: Luftschlösser in Denver

Was machst du, wenn der Mann, dessen Ehefrau du spielst, sich als der Richtige entpuppt?

Amy ist Alleinerziehend und ihr Ex Marc ist keine große Hilfe. Wenigstens gibt es ihre beste Freundin, die hin und wieder auf ihre Tochter aufpasst. Immerhin hat sie bereits drei Aushilfsjobs, um Faith ein besseres Leben zu bieten. In dieser Situation ist es doch nur normal, dieses unwiderstehliche Angebot anzunehmen und die Ehefrau eines Milliardärs zu spielen. Blöd nur, dass er davon nicht so begeistert sein wird, sobald er sein Gedächtnis wieder hat. Ob er wenigstens daraus lernt und sich nicht mehr aufführt wie der letzte Arsch?

Grant ist reich geboren und verpulvert sein Geld für Partys und Frauen. Er hat keine Ahnung, wie es sich anfühlt, auf einen Job angewiesen zu sein. Das zeigt er bei dem Vorstellungsgespräch mit seiner zukünftigen Assistentin, die sein Vater ihm als Babysitterin unterjubeln will, ganz deutlich. Als die Frau sich auch noch erdreistet, ihm das Handy aus der Hand zu reißen und ihre Nummer einzuspeichern, kocht er vor Wut. Bis er von einem Bus angefahren wird und sein Gedächtnis verliert. Danach ist nichts mehr, wie es mal war.

Als die Erinnerungen zurückkommen, muss Grant sich entscheiden, welches Leben er in Zukunft führen will und, ob Amy darin eine Rolle spielt.

Hier klicken oder Link aufrufen:

https://zoeywest.com/amls7

Heath: Süße Versuchung in Philadelphia

Was machst du, wen der Mann, mit dem du eine heiße Nacht verbracht hast, sich als dein neuer Boss entpuppt?

Ivy ist stinksauer als sie bei einer Beförderung schon wieder übergangen wird. Da kommt ihr dieser heiße Typ auf dieser Party gerade recht, um sich mit ihm ein wenig zu trösten. Als er ihr allerdings bei einem Meeting als der neue CEO der Firma vorgestellt wird und auch noch so tut, als würde er Ivy nicht kennen, bereut sie die aufregendste Nacht ihres Lebens, die sei einfach nicht aus dem Kopf bekommt. Ein Spiel mit dem Feuer beginnt, unter dem nicht nur ihr Herz sondern auch ihr Job in Gefahr ist.

Heath kann es nicht fassen, als er sich bei einem Meeting ausgerechnet der Frau gegenüber sieht, mit der er erst eine heiße Nacht verbracht hat. Dabei sind Mitarbeiterinnen absolut tabu für ihn. Seine Aufenthalte im Büro werden zum Spießrutenlauf. Er hat nämlich keine Ahnung, wie lange er sich noch beherrschen kann. Denn alles in ihm verlangt danach, sie wieder zu berühren. Als sich ein Kollege an sie ran macht, übermannt ihn die Eifersucht und er holt zum wenig professionellen Gegenschlag aus.

Als sich die Lage zwischen den beiden zuspitzt, müssen sie sich entscheiden. Ist der jeweils andere es wert, über den eigenen Schatten zu springen?

Hier klicken oder Link aufrufen:

https://zoeywest.com/amls8

Isaac: Liebesabenteuer in Manhattan

Tammie hat sich eine Karriere in einem der renommiertesten Kaufhäuser Manhattans aufgebaut. Zu ihren Kunden gehören CEOs, Börsenmakler und Anwälte. Doch in ihrem Privatleben hat sie sich bisher immer die falschen Männer ausgesucht. Barkeeper und Musiker, die sie entweder enttäuscht oder betrogen haben. Machmal auch beides. Doch als ein Kunde ihr das Angebot macht, ein Monat lang seine Fake-Freundin zu spielen, wendet sich das Blatt. Sie stimmt unter der Bedingung zu, dass er sie anschließend mit einem seiner reichen Freunde verkuppeln soll.

Isaac ist ein mächtiger CEO mit einem ansehnlichen Aktienportfolio und hat weit mehr erreicht als die meisten anderen in seinem Alter. Trotzdem zieht seine Familie ihn immer wieder damit auf, noch keine Frau an seiner Seite zu haben. Er hat es satt, sich den Fragen seiner Mum rund um seinen Beziehungsstatus zu stellen. Deshalb beschließt er, zu lügen und eine Freundin zu erfinden. Leider ist der erste Name, der ihm dabei in den Sinn kommt, der seiner Herrenausstatterin. Um nicht zum Gespött seiner Familie zu werden, bittet er sie darum, ihm zu helfen und für einen Monat seine Freundin zu spielen.

Als das Monat fast vorbei ist, müssen die beiden entscheiden, ob aus ihrer Scheinbeziehung wahre Liebe geworden ist.

Hier klicken oder Link aufrufen:

https://zoeywest.com/amls9

Jared: Weihnachtswunder von Aspen

Was machst du, wenn der Mann, für den du arbeitest, dein Weihnachtsfest gefährdet?

Eve liebt Weihnachten. Aber ohne ihren Job kann sie die vielen Geschenke für ihre Familie nicht bezahlen. Geschweige denn ihre Wohnung, oder ihr Essen. Deshalb hetzt sie zwischen Weihnachtsfeiern und Meetings hin und hier. Denn ihr Boss ist ein wahrer Grinch und lässt sie bis zur letzten Sekunde arbeiten. Als er sie kurz vor dem großen Fest in eine Blockhütte in Aspen schleppt, wo sie auch noch seine Freundin spielen soll, droht ihr Heiligabend im Kreise der Familie zu platzen. Aber gegen einen Schneesturm kann man nun mal nichts tun, oder?

Jared hasst Weihnachten. Vor allem, seit er sich mit seiner Familie zerstritten hat. Deshalb kommt es ihm gerade recht, als er für einen Geschäftsabschluss die Vorweihnachtszeit in Aspen verbringen muss. Abgeschottet von der Außenwelt hat er genug Zeit, um diesen wichtigen Deal unter Dach und Fach zu bringen. Wen er nicht mit einberechnet hat, ist die weihnachtsverliebte Eve, mit der er nicht nur eine Beziehung vortäuschen muss, sondern plötzlich auch noch in der Hütte eingeschneit ist. Zu allem Übel ist sie so gar nicht begeistert von seinen Plänen, die Feiertage mit Arbeit zu verbringen.

Gerade als alles aus dem Ruder zu laufen droht, kommt ausgerechnet ein Weihnachtswunder dazwischen.

Hier klicken oder Link aufrufen:

https://zoeywest.com/amls10

Keith: Babyglück in Los Angeles

(Vorbestellung)

Was machst du, wenn der Mann, von dem du vor drei Jahren unerwartet schwanger wurdest, plötzlich dein Boss ist?

Lilly hatte eigentlich andere Pläne für ihr Leben. Nach ihrem Studienabschluss wollte sie nach Kalifornien ziehen, um dort Karriere zu machen. Aber eine verhängnisvolle Nacht hat alles verändert. Erst drei Jahre später ist sie bereit, sich in einem großen Unternehmen zu bewerben. Sie bekommt den Job. Und einen Boss, von dem sie dachte, sie würde ihn nie wiedersehen, nachdem sie sich vor drei Jahren aus seinem Hotelzimmer geschlichen hat. Wie soll sie ihm jetzt nur erklären, dass sie eine gemeinsame Tochter haben? Und sie ihn nie vergessen konnte?

Keith hat gemeinsam mit seinem Partner ein erfolgreiches Unternehmen aufgebaut. Seither lebt er für den Job. Für Beziehungen bleibt keine Zeit. Außerdem hat er ohnehin kein Interesse daran, seine Aufmerksamkeit einer einzigen Frau zu schenken. Bis Lilly nach drei Jahren auf einmal wieder vor ihm steht. Als er von ihrer gemeinsame Tochter erfährt, gerät seine Welt ins Wanken. Ausgerechnet jetzt tauchen auch noch Probleme in der Firma auf. Wird er seine Prioritäten neu überdenken? Oder bleibt er das Arbeitstier, das von Familie nichts wissen will?

Als das Schicksal Lilly und Keith erneut zueinander führt, müssen sie eine Entscheidung treffen, die diesmal nicht nur sie beide betrifft.

Hier klicken oder Link aufrufen:

https://zoeywest.com/amls11

Die Heartbreakers on Stage-Reihe

Love me, Rockstar

Ruby wurde engagiert, um die Freundin von Rockstar Ethan James zu spielen. Dabei verbindet die beiden eine gemeinsame Vergangenheit ...

Er warf sich jede Nacht einer anderen Frau an den Hals, und ich konnte das Schlamassel jetzt ausbaden. Dabei wollte ich Ethan James nie wieder zu nahe kommen. Ich wollte ihn aus meinem Leben verbannen und nie wieder daran denken, was er mir damals angetan hat. Doch jetzt begleitete ich ihn und seine Band auf ihrer Tour quer durch die Staaten - als seine Freundin.

Als ich ihm das erste Mal nach so vielen Jahren begegnet war, überkamen mich all die Gefühle, die ich damals für ihn hatte. Ich hätte es besser wissen müssen, als ich meinem derzeitigen Partner von dem Deal erzählte, und er mit Dollarzeichen in den Augen diesem Schauspiel zugestimmt hatte.

Natürlich begann ich, das langweilige Leben, das ich mir

aufgebaut hatte, zu hinterfragen. Aber nicht nur das. Meine Probleme begannen so richtig, als ich dem Mann, der mir schon einmal wehgetan hatte, nicht mehr widerstehen konnte. Als er sich mir öffnete, wie ich es mir immer von ihm gewünscht hatte. Während sich seine Fans in sein Bett träumten, schlief ich darin. Mit ihm. Und setzte damit alles aufs Spiel. Ob es das wert war?

Hier klicken oder Link aufrufen:

https://zoeywest.com/hbos1

Kiss me, Rockstar

(Vorbestellung)

Lilly soll als Assistentin für den Rockstar Nathan Hill arbeiten. Oder wie er es ausdrückt: Seinen Babysitter spielen. Von der Gefahr, in die sie dabei gerät, stand nichts im Vertrag ...

Wahrscheinlich wächst der Rum jedem irgendwann einmal über den Kopf. Auch bei Nathan Hill blieb der Aufstieg zum Rockstar nicht ohne negative Folgen. Deshalb wurde ich als seine Assistentin engagiert. Ich sollte dafür sorgen, dass er rechtzeitig zu seinen Terminen erscheint, und seine Arbeit wieder ernst nimmt. Doch er sah mich nur als seinen lästigen Babysitter.

Ein Glück, dass niemand wusste, wie sehr ich heimlich

für diesen Kerl schwärmte. Das wurde auch nicht weniger, als ich ihn besser kennenlernte. Denn er war so gar nicht der Playboy, für den ich ihn gehalten hatte. Präsentierte er der Öffentlichkeit den stets gut gelaunten, spaßigen und auch oft verteilten Nathan, so durfte ich den wahren Mann hinter dieser Fassade kennenlernen.

Mit dieser Sonderstellung in seinem Leben, kam auch eine Gefahr, von der ich nie dachte, sie könnte Realität werden. Seine Fans wollten mich loswerden. Mit allen Mitteln. Doch als sie zu weit gingen, schweißte uns das nur noch mehr zusammen. Anstatt mich von ihm zu verscheuchen, trieben sie mich nur noch näher zu ihm hin. Bis ich schließlich dort landete, wo die weiblichen Fans sich hin träumten. In seinem Bett. Ob das gut gehen konnte?

Hier klicken oder Link aufrufen:

https://zoeywest.com/hbos2

Kontaktadresse: Zoey West, c/o Autorenservice Gorischek, Am Rinnergrund 14/5, 8101 Gratkorn, Österreich

Für die Druckversion: ISBN: 9798356102936 / Imprint: Independently published

Korrektorat: Schreib- und Korrekturservice Heinen

Coverdesign: Reinhard Fenzl | ReinhardFenzl.com

Fotos von de.depositphotos.com

Stadt: sepavone | Mann: kiuikson | Gold: york_76 | Sparkle: tomert

www.zoeywest.com - hallo@zoeywest.com